btb

In einer Schicksalsgemeinschaft sind Petru, Cheta und Magare verbunden, gezwungen in ewiges Kindsein: Sie leben am Rande einer gesichtslosen Großstadt. Täglich müssen sie dafür sorgen, dass die Schatzkiste des Krakadzil voller wird. Der wird schnell ungehalten, wenn die Kasse nicht stimmt, und so rücken die drei Jungs aus, um denen wegzunehmen, die es am ehesten zu verschmerzen scheinen. Auszuhalten ist das für sie nur mit einer täglichen Ration Feenstaub. Alles wird anders, als Petru Marja kennenlernt: Nicht nur lernt er mit ihr die Sprache der Stadt zu verstehen, er erfährt auch zum ersten Mal in seinem Leben, was Familie sein kann. Als den drei jungen Taschendieben ein Neuling zur Ausbildung übergeben wird, wechselt Petrus Leben ebenso wie das seiner Schicksalsgenossen noch einmal die Richtung.

Cornelia Travnicek, geboren 1987, lebt in Niederösterreich. Studium der Sinologie und Informatik, arbeitet als Researcher in einem Zentrum für Virtual Reality und Visualisierung. Für ihre literarischen Arbeiten wurde sie vielfach ausgezeichnet. 2012 erschien ihr Debütroman »Chucks«, der 2015 verfilmt wurde. Ihr Roman »Feenstaub« war 2020 nominiert für den Österreichischen Buchpreis.

CORNELIA TRAVNICEK

# Feenstaub

ROMAN

btb

*Es war einmal eine Stadt und durch diese Stadt floss ein Fluss und in diesem Fluss lag eine Insel, die war unsichtbar. Nun, sie war für die meisten unsichtbar, nur nicht für die, die auf ihr lebten. Aber die, die auf ihr lebten, waren ebenso unsichtbar für alle anderen, zumindest so lange, bis sie in deren Leben eintauchten. Kurz. Flink. Ohne Aufsehen zu erregen.*

Hinter der zweiten Brücke gleich rechts. Wer nach uns sucht, wird uns nicht finden. Es liegt ein undurchdringlicher Nebel um uns herum, Tag und Nacht. Das macht der Fluss, sagen wir zueinander, abends am Feuer. Da legt einer den Finger an die Lippen und wir lauschen. Aber wir hören nichts, außer dem Knacken des Holzes. Die Geräusche von den anderen Ufern dringen selten zu uns durch. Dann wirft einer seine Mütze hoch und wir jaulen los wie die Wölfe. Weil wir allein sind, weil wir es können. Wir sind eine Insel.

Vor mir hängen Weidenzweige als Vorhang in den Fluss. Ich stehe mit nackten Füßen im Flachen und fühle die Wellen kommen. Von unserem Ufer aus kann man häuserblockgroße rostbraune Walfische sehen, die an der Insel vorüberziehen. Meine Zehen graben sich in das Gemisch aus Schlamm und Sand. Die Walfische liegen tief im Wasser. Aus ihrem Bauch kommt ein dumpfes Beben. Die Wellen klackern neben mir an den Strand, da, wo das Treibholz aneinanderreibt.

Ich sehe auf meine Hände hinab, die ein Boot schieben. Der Junge im Boot taucht ein Paddel in das Wasser und für einen Augenblick stehen die Tropfen still in der Luft. Ich nehme meine glitzernden Finger vor mein Gesicht und es geschieht langsam, sehr langsam. Jede Bewegung zieht farbige Schlieren im Bild.

An Land angekommen werden wir kleiner. Das passiert ganz automatisch. Das Schrumpfen lässt sich mit etwas Übung leicht erlernen. Unsere Stimmlage rutscht durch das Kleinerwerden ein wenig höher. Schon hängen unsere Hosen und Hemden loser an uns, schon gehen wir etwas seltsam in unseren zu weiten Schuhen. Schon bewegen wir uns anders, auf engerem Raum.

Bei jedem Landgang bleibt ein bisschen vom Nebel an uns hängen. Und es ist nichts Ungewöhnliches, wenn Nebel durch eine Stadt zieht.

Und je kleiner wir werden, umso einfacher ist es, sich in den Nebelfetzen zu verstecken.

»DA!«, RUFE ICH und werfe einen Ball, und ich werfe ihn so, dass er einer Dame genau vor den Rock rollt. Sie sieht auf den Ball hinab. Der andere Junge stößt gegen sie, er ist zu schnell dem Ball hinterhergelaufen, er entschuldigt sich, er entschuldigt sich vielmals, er hat den Rock der Dame beschmutzt, er schämt sich, er klopft und putzt und die Dame schämt sich auch – weil da ein fremder Junge an ihrem Rock herumklopft und -putzt, weil er ihre Kleidung anfasst, weil er sie, die ja darunter ist, also unter der Kleidung, anfasst, und dieses Ebenfallsbeschämtsein der Dame macht, dass mein Freund sich nur noch mehr schämt, wie konnte ihm das nur passieren, er ist ein unachtsamer Wildling, auch wenn er das so nicht ausdrücken könnte, es tut ihm vielmals leid. Und endlich hat sie seine Bemühungen abgewehrt, und auch die schnellen, einzelnen Worte, die er rund um sie verliert, und er hebt seinen Ball auf, er läuft rückwärts davon, mit dem Gesicht zu ihr und er lächelt, und später wird sie sich nicht an sein Gesicht erinnern können, nicht an die genauen Worte, nur an dieses Lächeln.

Ich bin immer derjenige, der den Ball wirft, niemals der, der ihm hinterherstolpert, in eine Fremde, in einen Fremden hinein.

Einmal, ganz zu Anfang, habe ich es versucht – aber nach dem Zusammenstoß starrte ich dem feinen Herrn bloß in seine wütende Miene, spürte, wie sich meine Augen weiteten, wie mein Mund offen stand, halb, wie meine Arme kraftlos an mir hingen, als wären sie an den Schultern bloß mit Drahtschlaufen befestigt, anstatt beschwichtigende Gesten zu machen. »Na, was sagt man?«, herrschte mich der Herr an. »Na? Was? Na? Entschuldigung sagt man!«, brüllte er mir ins Gesicht und dann lehnte er sich auch schon zurück, holte aus und ohrfeigte mich. In dem Moment, als seine Handfläche meine Wange traf, fiel das letzte Feine von ihm ab.

Ich bin immer derjenige, der den Ball wirft.

Wir biegen mit langen Schritten um die nächste Ecke, dann rennen wir los wie die Teufel. Links, rechts, links. Irgendwo im Windschutz eines Hauseingangs werfen wir uns in eine Ecke, kauern uns nieder. Dort holt der andere den Schatz aus seiner Jackentasche. Manchmal ein Schmuckstück, manchmal eine Uhr. Manchmal ein Portemonnaie. Mit zitternden Fingern ziehe ich dann die Geldscheine heraus, er lässt die leere Hülle fallen, kickt sie in einen Schatten. Ich knülle die Scheine zusammen und stopfe sie mir in die Unterhose. So trennen wir uns, jeder hastet in eine andere Richtung davon. Die Geldscheine kratzen auf meiner Haut. Schon in der nächsten Straße tragen wir beide abgenutzte Schulranzen, die eben noch versteckt in irgendwelchen Büschen lagen. Wir sind wie alle anderen. Wir beeilen uns, ohne dass man sieht, wie wir uns beeilen.

Wir beeilen uns, denn je länger wir in der Stadt sind, umso dünner wird der Nebel.

Manchmal wohnen Monster im Nebel. Vor allem nachts können wir sie hören, wie sie um die Insel kreisen, schnaufend, mit Feueratem. Wenn wir ganz still liegen, dort unter den Wurzeln der Bäume, werden sie uns nicht finden. Ich starre ins Dunkel, und das Dunkel starrt zurück. Ich stelle mir die Monster vor und jedes Mal haben sie viele Arme, die sich nach mir strecken. Ich kann die heiße Luft auf meiner Haut fühlen.

Als ich dem Krakadzil einmal von den Monstern erzähle, lacht er mich aus. Dabei bin ich mit meinen Monstern nicht allein. Das kommt vom Feenstaub, sagt er, du hast dir zu viel von dem Zeug reingeblasen, lass das, so ist das nicht gedacht. Ich glaube ihm nicht. Die Anwesenheit der Monster hat nichts mit dem Feenstaub zu tun, sie sind da, so oder so, es ist nur die Frage, ob man sie hört, ob man sie sieht.

Manchmal träume ich. Meine Träume haben einen ausgefransten Rand. In ihnen sind Stimmen, schemenhafte Gesichter, Gerüche, von denen ich nicht weiß, ob es Duft ist oder Gestank. Im Traum erinnere ich mich an den weichen Busen meiner Großmutter. Ihre Brüste so groß wie mein Kinderkopf. Zwei falsche Perlmuttknöpfe am Kragen ihrer Bluse. Die spitz zugefeilten langen Nägel an ihren beiden kleinen Fingern, die sich mir in die Seiten bohren, wenn sie mich hochhebt. Die einzelnen Barthaare auf ihrer Oberlippe. Und dann muss ich aufwachen, egal ob ich geschlafen habe.

In mir wohnt eine wiederkehrende Melodie. Und manchmal würde ich sie gerne singen, wenn ich alleine bin, für mich. Aber es ist, als wären die Töne nur in meinem Kopf drin richtig, als würde der Weg nach draußen sie zerstören. Also singe ich nicht.

Zeit für die Schatztruhe, sagt der Krakadzil, wenn er uns besucht, und will nicht über die Monster reden. Die anderen schleppen also die Truhe heran und heben den Deckel an. Wir stehen im Halbkreis darum herum, aufrecht, ich genau hinter der Kiste. Hmhm, sagt der Krakadzil immer, wenn er sich über die offene Truhe beugt.

Einmal ist mir aufgefallen, dass ich die Luft anhalte, wenn er das tut, und seitdem fällt es mir jedes Mal auf. Hmhm, macht der Krakadzil und hhhhhhhm atme ich ein, und dann nichts mehr. Bis er sagt, gut, gutgut, gutgutgut, während er dieses oder jenes Stück zwischen den Fingern dreht. Da atme ich wieder aus, mhhhhhhh, und meine Schultern fallen ein bisschen nach vorne, also muss ich sie davor zurückgenommen haben. Sagt der Krakadzil nicht gutgut, ducke ich mich, als würde er die Hand gegen mich erheben. Er aber stellt sich nur vor mich hin und sieht mir fest in die Augen, während er die seinen dabei in den Winkeln ein wenig zusammenkneift. Man weiß, dass er die Zähne hinter den verschlossenen Lippen aufeinanderbeißt. So sieht er mich an, und dann hält er mir mit einem Ruck seine geschlossene Faust vors Gesicht und ich zucke zusammen. Er öffnet die Hand und lässt, was auch immer sich darin befindet, vor mir in den Staub fallen. Mein Blick folgt nicht dem fallenden Gegenstand. Meinen Blick hält der Krakadzil mit dem seinen gefangen. Am Ende wendet er sich ab und verschwindet wortlos, aber ich weiß ganz genau, dass wir etwas besser zu machen haben, sonst.

Sagt er gutgutgut und ich atme aus, schlägt er mir wie zustimmend gegen den Oberarm, fügt noch ein »sehrgut« an, und die Winkel seines Mundes wollen nach oben.

Wenn der Krakadzil wieder verschwunden ist, feiern wir. Die Musik ist laut. Wir trommeln einen wilden Takt an die Bäume. Wir reißen uns die Hemden vom Leib und wirbeln sie durch die Luft. Wir springen um das Feuer, das uns kleine Glutteilchen entgegenschleudert, die auf der Haut unserer nackten Oberkörper verglimmen. Wir schlagen die Köpfe aneinander. Wir trinken Nektar, so, dass er uns aus den Mundwinkeln trieft. Wir zerren uns gegenseitig an den Schultern, ringen einander zu Boden. Stellen einen schmutzigen Fuß auf den Unterlegenen. Feiern einen Sieg. Wir geben Rauchzeichen. Wir hissen unsere Hemden als Flaggen. Keines davon ist jemals weiß. Wenn das Feuer stirbt, schlafen wir daneben auf einem Haufen, wie glückliche Schweine im Stroh. Aus jeder Pore tritt uns feucht und warm der Schweiß.

»Hey, Kleiner, steh auf!«

»Hm?« Ich muss geschlafen haben.

»Auf, sag ich, oder willst du nichts?«

»Nichts?«

»Da ist kein Geld. Wo kein Geld, da kein Stoff, Schätzchen.«

»Kein Geld?« Sofort bin ich hellwach. Die Sonne hat den Zenit schon überschritten.

»Zu lange gefeiert gestern, wie?«

Ich strecke mich. Meine geballten Fäuste stoßen einem anderen in die Seite. Ich kratze mich an den Hoden. Es raschelt. Ich sehe an mir hinab, hin zu meiner Unterhose. Ich greife hinein.

»Hier.«

Mit verzogenem Gesicht sieht Clopot auf die zerknüllten Scheine, die ich gerade quasi aus meinem Sack gezogen habe und ihm nun entgegenstrecke, ohne Anstalten zu machen, von meiner Matratze aufzustehen: »Was soll denn das bitte sein?«

»Du willst Geld. Das ist Geld.«

»Ja, die sagen hier zwar Geld stinkt nicht, aber

das …« Mit spitzen Finger zupft er an einem Schein.

»Das ist Geld«, wiederhole ich.

Clopot nimmt es, glättet und zählt es, dabei rümpft er übertrieben die Nase. Als er mit dem Zählen fertig ist, lässt er zwei Plastiksäckchen auf meinen Bauch fallen.

»Da, für dich, Schätzchen.«

Ich schiebe eines davon unter die Matratze. Das andere in den Gummi meiner Unterhose. Es fühlt sich gut an, das kleine Gewicht dort zu spüren.

Ich ziehe mir ein T-Shirt über den Kopf. Höre, ohne zu sehen, wie Magare Clopot anbietet, ihn auf andere Weise zu bezahlen. Clopot entgegnet, Magare solle seine dicken Eier mal nicht so raushängen lassen, sondern lieber Geld rüberrücken, Magares Würstchen interessiere ihn nicht. Ich ziehe das Shirt fest nach unten, sehe Magare an. Der grinst mir entgegen, sieht an sich hinunter, meint, er könne da nichts raushängen sehen, sei alles an seinem Platz. Dann schaut er wieder in meine Richtung. Clopot wird ungeduldig, fragt, ob er jetzt gehen, das Zeug lieber wieder mitnehmen soll. Ich mache nur eine Kopfbewegung. Magare schlägt Clopot einen Geldschein in die flache Hand. Clopot wirft eines der kleinen Säckchen in die Luft, Magare fängt es auf.

Als er zum Tisch kommt, säuft Magare aus der Orangensaftpackung wie ein verstoßenes Lamm aus der Flasche.

»Alter!«, sage ich.

»Ist schon leer«, sagt er, nachdem er die Packung in einem letzten langen Zug ausgetrunken und auf dem Tisch abgestellt hat. Als ob wir anderen jetzt noch etwas damit anfangen könnten. Dann wischt er sich mit dem Handrücken über den Mund.

Eigentlich ist Magares Platz gegenüber von Cheta. Heute rückt er seinen Teller und sein Glas über den Tisch auf meine Seite. Cheta liest und sieht nicht hoch. Manchmal fällt ein Tropfen von Chetas Löffel in das aufgeschlagene Buch. Ich sehe auf den anderen Platz, der nun frei ist.

Wir drei können so oft um den Tisch rücken, wie wir wollen, da wird immer ein leerer Stuhl sein.

»Ich gehe heute mit Cheta«, sage ich und ziehe Cheta das Buch weg.

»Wieso ich?«, fragt Cheta und greift nach seinem Buch.

»Heute geht niemand«, sagt Magare.

»Wenn ich sage, ich gehe mit Cheta, dann gehe ich mit Cheta.«

Magare zuckt die Schultern: »Schon mal nach draußen geschaut?«

Ich sehe hinaus. Am Himmel über der Stadt kämpfen zwei Drachen. Der eine speit Feuer, der andere Eis. Ich bleibe am Eingang zu unserem Haus unter den Bäumen stehen und halte mich am Perlenvorhang fest. Prallen die Leiber der Drachen aneinander, wirft mich die Schallwelle beinahe um. Der Himmel verdunkelt sich, als würden die Kämpfenden Staub aufwirbeln, dort oben. Der plötzlich einsetzende Regen wäscht alles wieder ab.

»Heute geht niemand«, sage ich, als ich mit nassem Gesicht zurück zu den anderen komme.

Später liege ich auf dem Rücken und schnippe eine Münze Richtung Decke, wieder und wieder. Es regnet auf unser Blätterdach.

Neben mir liest Cheta noch immer. Er hat einen ganzen Stapel Bücher. Keiner macht sie ihm streitig. Ich stecke meinen linken Daumen durch eine Gürtelschlaufe an meiner Hose. Meine Schuhspitzen zeigen gen Himmel. Ich pfeife eine Melodie. Ich lese nie.

Cheta wirft mit einem Kopfkissen nach mir, schießt damit meine Münze aus ihrer Flugbahn. Sie fällt zu Boden und rollt davon.

»Alter?«

»Hör auf zu pfeifen, ich lese hier!«

»Einen Scheiß.« Ich umarme für einen Moment das Kissen, das auf meiner Brust aufgeschlagen ist, drücke es fest an mich. Dann werfe ich damit nach Cheta, so hart ich kann. Das Kissen landet schlitternd in seinem Buch und das alte, abgelesene Ding zerlegt sich in mehrere Teile.

»Hey!«, schreit er.

»Selber«, entgegne ich, wie müde.

Der Perlenvorhang am Eingang bewegt sich. Magare kommt herein. Regentropfen hängen an seiner Stirn fest. Cheta sammelt die aus seinem Buch gefallenen Seiten auf.

Magare zieht sich sein Hemd über den Kopf und wischt sich damit ab. Er findet oft Gelegenheit, sich das Hemd über den Kopf zu ziehen. Dann lässt er sich neben mich fallen, zieht sein Plastikpäckchen aus der Hosentasche und wirft es mir in den Schoß.

»Mach's mir, Mann.«

»Mach's dir selbst.«

Ich lache. Er lacht.

Ich rücke näher zu ihm hin, er wendet sich mir zu. Ich öffne das Säckchen und streue ein bisschen von dem goldenen Staub in meine Handfläche.

»Achtung.«

Ich halte meine beiden hohlen Hände wie eine Schale zwischen Magare und mich, auf Höhe seines Gesichts.

»Auf drei!«

Ich zähle eins, ich zähle zwei, und bei drei puste ich den Goldstaub genau vor Magares Nase und Mund in die Luft, ein glitzerndes Wölkchen steigt auf, Magare atmet tief ein, so tief, dass beinahe die Rippen seine Haut durchstechen, so sieht es aus.

»Denk an was Schönes«, sage ich.
Und wieder lache ich.

Es heisst, wenn man etwas Schönes denkt, an eine gute Erinnerung, während man den Feenstaub einatmet, könne man fliegen.

Als der Regen nachlässt, setzen wir uns hinaus. Der Himmel ist wolkenleer, man weiß gar nicht, wo die Tropfen überhaupt noch herkommen. Ich schaue hinauf in die Bäume. Sehe einen Papagei.

»Da«, sage ich und zeige darauf, aber meinem Finger folgt kein Blick.

Der Papagei bringt mit seinem gebogenen Schnabel seine Schwanzfedern in Ordnung. Er ist rot, mit ein wenig Blau. Ich lasse den Kopf auf die Seite fallen, lege den Arm im nassen Gras ab, rutsche immer tiefer, lasse den Papagei dabei nicht aus den Augen. Die Blätter rund um ihn blinken in einem stetigen Rhythmus: Sattgrün, helles Silber, Sattgrün, helles Silber. Um die Augen ist der Vogel weiß. Auch er sieht mich von der Seite an.

Das ist einer der Gründe, warum ich das mit dem Feenstaub nicht lassen kann: Ohne ihn könnte ich die Farben nicht mehr erkennen.

Wie unabsichtlich legt sich Magares Handrücken an meinen.

Die Stadt hat zwei Ufer an einem großen Fluss. Was dazwischen liegt, interessiert niemanden. Unsere Insel ist das Niemandsland. Hier vergeht die Zeit langsamer, oder an den Stadtufern schneller, je nachdem, wie man es sieht. Es heißt, alle Kinder würden eines Tages das Niemandsland verlassen. Dann, wenn sie erwachsen sind. Aber ein Kind nicht. Ich. Ich weigere mich, erwachsen zu werden.

Jedes Mal, wenn der Krakadzil seinen prüfenden Blick in die Schatztruhe wirft, fühle ich denselben Blick danach auf mir ruhen. Als wäre ich ein unechtes Goldstück. Einmal hat er mich am Kinn gefasst, meinen Kopf in die eine, in die andere Richtung gedreht, mir dabei das Kinn mit den Fingern zusammengekniffen, dann ausgespuckt und gemeint: »Kein Bart, hm?«

»Kein Bart«, habe ich geantwortet und dabei das Kinn vorgeschoben.

Oft sehe ich den vorbeiziehenden Walen hinterher und stelle mir vor, mich von einem verschlucken zu lassen. In seinem Bauch mitzureisen, eingelullt vom tiefen Brummen und der Wärme.

MANCHMAL SAGT MAN später »Alles ging so schnell, ich weiß gar nicht, wie das passiert ist«, obwohl man ganz genau weiß, was geschehen ist, weil man es mit eigenen Augen gesehen hat – es ist nur so, dass man sich weigert, daran zu glauben.

Die Frau schließt die Augen und langsam legt sie sich nieder, gleich umarmt sie den Boden. Sanft sieht das aus, und friedlich. Vielleicht schläft sie ein.

Der Rettungswagen wird kommen, bis dahin wird sich bereits eine kleine Menschenmenge um uns versammelt haben, von der vorher nichts und niemand weit und breit zu sehen gewesen sein wird. Einzelne Finger aus der Menge werden auf mich deuten. Manche Hände werden mich festhalten wollen. Sie werden einen Blick auf mich werfen, auf die Handtasche, die ich, warum weiß ich nicht, noch immer umklammert halte. Alle werden ganz genau Bescheid wissen: dass ich diese Handtasche habe stehlen wollen, die alte Dame nicht losgelassen hat und ich daran gerissen habe, heftig, und sie dann zu Boden gestürzt ist, sich den Kopf angeschlagen hat. Es würde sie nicht kümmern, dass nicht ich an der Handtasche gezerrt habe, sondern jemand anders, dass ich nur hierbleiben und helfen habe wollen, was aber so oder so nicht zählt, wenn man erstens dabei gewesen und zweitens nur dumm rumgestanden ist. Und ich könnte es ihnen auch nicht sagen, weil mir wie jedes Mal in den wichtigen Momenten die Worte fehlen, alle Worte, die eigenen und noch mehr die fremden.

Ich höre, wie es knirscht in der Stadt, wie die Häuser näher kommen, wie mich etwas zerquetschen will.

Ein Baum knarrt, eine Tür springt auf, eine Welle läuft durch die Pflastersteine. Die Straßen werden enger. Ich kann Sprünge in den Fenstern sehen.

Die Frau macht die Augen auf, sieht mich an. Streckt eine Hand nach mir aus. Ich öffne die Finger, die Tasche fällt zu Boden. Schade, denke ich mir, und schäme mich dafür. Dann erst laufe ich los.

Ich erkenne die Gegend nicht wieder. Ich laufe. Ich laufe, weil mir etwas sagt, dass ich laufen soll. Ich werde laufen, bis ich genug gelaufen bin.

Eine Kutsche rüttelt an mir vorüber. Der Pferdegeruch bleibt in der Luft hängen. Der Boden hier trägt hellgraues Kopfsteinpflaster. Ich werde langsamer, weil ich einmal um den Block gelaufen bin. Auf einmal kehren die Geräusche zurück, am lautesten höre ich meinen eigenen Atem. Ich kann mich nicht entscheiden, wohin.

Da schwingt eines der vielen schweren Holztore an den hohen Häuserfronten auf und Mädchen schießen heraus, wie aus einer Steinschleuder. Eine von ihnen trifft mich, trifft mich mitten ins Herz, Lederschultasche voraus. Ich taumle, fange mich, knie ab – beinahe wäre ich zu Boden gegangen, schon zu Beginn der ersten Runde.

»Hey, pass auf«, herrscht sie mich an und fuchtelt mit dem Telefon in ihrer Hand, auf das sie eben noch konzentriert war, vor mir herum.

Ich kann nichts sagen, denn ich ringe nach Atem. Nach vorne gebeugt hänge ich über meinem eigenen Knie. Plötzlich wird mir schlecht. Ich nicke also nur stumm, obwohl sie es war, die nicht geschaut hat, die in mich hineingerannt ist, mir ihre Tasche in den Bauch gerammt hat, und wie aus Reflex betaste ich mich, meine Hosentaschen: alles noch da. Ihr Schulranzen liegt auf dem Pflaster, ein paar Bücher sind herausgerutscht, ich greife danach, um sie einzusammeln, sie bückt sich im selben Moment, wir stoßen zusammen, wieder, erst jetzt sehe ich sie genau an, da fällt ihr auch noch das Telefon aus der Hand und zu Boden. Sie flucht. Ich starre, sie streicht sich ihr hellgraues welliges Haar hinter die Ohren, geht in die Hocke und beginnt die Teile ihres Handys einzusammeln. Ich wische ihre Bücher zurück in ihre Tasche.

»Da«, sage ich, stehe auf und strecke ihr den schweren Lederbrocken entgegen. Sie nimmt ihn, in einer Hand immer noch die Telefonteile.

»Danke«, sagt sie, aber so als würde sie gar nicht mich meinen, und drängt sich an mir vorbei. Es ist, als würde ihr ein Windstoß folgen. Ich wanke. Sie hat mich die ganze Zeit über kein einziges Mal richtig angesehen. Der dunkelblaue Rock ihrer Schuluniform schwingt. Es riecht nach Orangenblüten. In meinem Kopf bin ich mit ihr allein, dann fällt mir auf, dass ich mitten in einer Masse aus Mädchen in Royalblau stehe, Wappen auf ihren Kostümjacken.

Wieder laufe ich los, geduckt, diesmal einfach geradeaus, bis ich eine sichere Ecke erkenne, eine Straße, einen Hauseingang. Dort setze ich mich auf die oberste von drei Stufen und ziehe etwas Kleines, Schmales aus der Tasche:

Ein silbernes Etui mit einer eingravierten Fee, die in ihren Flügeln farblose Ziersteine sitzen hat.

Als ich Magare erwische, wie er gerade unser Boot ins Wasser schiebt, springe ich ihm von hinten in den Rücken, dass es uns beide der Länge nach in den Staub wirft.

»Alter, was geht mit dir!« Er wirkt ehrlich überrascht.

»Was mit mir geht? Was mit mir geht? Das fragst du mich!« Ein bisschen habe ich Lust, Magares Gesicht in den Dreck zu knallen. Wir sitzen nebeneinander auf dem Boden.

»Was meinst du, Mann?«

»Was ich meine? Was ich meine!« Ich springe auf, werfe die Hände in Richtung Himmel. »Die alte Frau mit ihrer dämlichen Handtasche, die du Idiot unbedingt einfach so derb umrempeln musstest, dass sie mit dem Schädel aufgeschlagen ist, das meine ich! Die hätte ernsthaft verletzt sein können! Und du bleibst nicht mal stehen!«

»Warum sollte ich stehen bleiben, bist du wahnsinnig! Was hätte das denn gebracht? Hast du die Tasche?«, fragt Magare mit einem suchenden Blick. Da knalle ich ihm wirklich eine. Das hätte uns gerade noch gefehlt. So war es ein Unfall, ein Unfall, ein kleiner Unfall.

Es war einmal, da sind wir beste Freunde gewesen, Magare und ich.

Dinge ändern sich. Ein bisschen roter Speichel klebt in seinem Mundwinkel, als er mich wieder ansieht.

Am Abend fällt niemandem auf, dass ich still bin. Mit einem Stöckchen stochere ich in den Resten der Glut. Jemand hat eine halbe Wurst hineinfallen lassen und jetzt verkohlt das Fleisch, während das letzte Fett herausbrutzelt. Ich pikse das Stück Wurst in die Seite. Es platzt auf. Irgendwo in meinem Hinterkopf echot es: Als hätten wir genug zu fressen! Ich schäme mich, schäme mich vor der Wurst, weil niemand sonst da ist, der mich beschämen könnte.

Ich würde gerne das Etui aus der Tasche holen, aber dann würde es vielleicht einer der anderen sehen. Es mir wegnehmen. Sich darüber lustig machen. Mich fragen, ob es ein Geschenk sei, ein Geschenk von unserer guten Fee vielleicht. Und dabei auf diese bestimmte Art grinsen. Und ich würde wütend werden müssen, obwohl es nichts zum Wütendsein gibt, weil wir alle wissen, dass Clopot nicht auf kleine Jungs steht, und trotzdem jemandem eine scheuern, um einen Standpunkt klarzumachen, was nichts bringen würde, weil wenn man wütend wird, stimmt alles noch mehr als wenn nicht, nicht wahr, das ist die Logik. Und jemand würde ein schwarz geschlagenes Auge haben und ich schmerzende Fingerknöchel.

In Gedanken halte ich dem Mädchen sein Etui hin und erkläre, jemand anders hätte es ihr geklaut und ich hätte das gesehen und dann hätte ich dem anderen ordentlich aufs Maul gehauen, damit er es mir gibt und ich es ihr zurückbringen kann. Held. Aber wer ist der andere, wo hat er es ihr gestohlen, dass ich es hätte sehen können? Und schon würde ich der andere sein und es würde sich sicherlich jemand finden, der mir die Fresse polieren wollte, und wenn auch nur bloß, weil sich ihm die Gelegenheit dazu böte.

Nein, da würde ich mir etwas Besseres einfallen lassen müssen.

Wir liegen Kopf an Fuß um das erlöschende Feuer. Die Wolken bilden den Kreis der Lichtung nach. In ihrer Mitte haben sie die Sterne zusammengetrieben.

»Wenn ich alt bin, baue ich mir eine Hütte irgendwo im Wald«, sagt Magare mit einem Mal.

»Im Wald, wieso das denn?«, fragt Cheta.

»Weil ich dann weit weg bin von Idioten wie dir!«

»Als hätte ich mir freiwillig ausgesucht, jeden Tag deine Fresse zu sehen! Sobald meine Mutter mir schreibt, dass …«

Magare fällt ihm ins Wort. »Genau das ist das Problem mit dir, dass du immer nur von deiner Mama redest, wie so ein kleiner Schisser. Petru, der dürfte in meiner Hütte wohnen, der weiß, wann man die Klappe hält!«

»Was?«, frage ich, weil ich die Worte zwar gehört, aber Magare nicht zugehört habe.

»Ich habe gesagt, wenn der Scheiß hier vorbei ist und wir irgendwann alt und runzelig sind, ziehen wir zwei in eine Hütte irgendwo im Wald«, wiederholt Magare.

Ich gebe ihm keine Antwort.

»Ich versteh sowieso nicht, warum man allein in einer Hütte im Wald wohnen möchte …«, murmelt Cheta.

»Im Umkreis von fünf Kilometern niemand, der einem auf den Sack geht …«

»Fünf Kilometer? So weit stinken deine Füße! Da wohn ich lieber noch weiter weg von dir!« Cheta lacht.

»Ja, bei deiner Mama, bei deiner Mama willst du wohnen!«

Die Sterne werden langsam heller und heller. Die Wolken beginnen sich wie in einem Strudel zu drehen, immer schneller, ziehen den Kreis um die Sterne enger, die Sterne rücken näher zusammen, näher, bis sie alle in einem einzigen sehr hellen Punkt vereint sind, der plötzlich explodiert. Dann steht die Zeit still. Tausende Glühwürmchen schweben in der Luft. Sinken auf die Lichtung nieder. Ich strecke die Hand nach einem der Leuchtkäfer aus. Will fühlen, ob das leuchtende Ende warm ist, warm vom inneren Licht.

An manchen Tagen im Jahr steht hier nur eine Sonne am Himmel. Dann starre ich auf der Suche nach den anderen beiden in die eine hinein.

Einmal fasste mich auf der Straße eine winzige Frau am Arm.

Ich sah sie an und für einen Moment war sie eine andere.

»Junge«, sagte sie und es klang vertraut.

Sie war noch kleiner als ich. Ihr Gesicht sah aus wie eine verschrumpelte Frucht. Ich hatte das Gefühl, sie hätte noch viel fester zupacken können.

»Feiner Herr. Willst du wissen, was die Zukunft bringt? Zeig mir deine Hand!«

Gerade wollte ich ihr meine Handfläche hinstrecken, da kam Magare dazu, der ein paar Schritte hinter mir gewesen war.

»Lass mal, Mütterchen«, sagte er sanft und schob mich von ihr weg. Ihre Finger lösten sich widerwillig von meinem Unterarm.

»Feiner Herr«, lachte er, als wir weitergingen.

Nachts, als ich denke, die anderen beiden wären schon eingeschlafen, sagt Cheta auf einmal in die Dunkelheit hinein:

»Das mit der schönen Erinnerung, weißt du?«

»Hm?«

Ich höre den Feuerstein ratschen, sehe die Flamme und Cheta, wie er vorsichtig den Docht der Öllampe anzündet. Er dreht das Rädchen, das die Flamme kleiner oder größer macht. Dann stellt er die Lampe zwischen uns ab und setzt sich in den Schneidersitz, als wäre das alles eine rituelle Vorbereitung für unser Gespräch.

»Das ist Mist«, sagt er dann bestimmt.

»Was?«

»Das mit dem Fliegen.«

Seine Augen sind gerötet. Aber wer hätte nicht rote Augen, wenn er Staub hineinbekommen hat.

»Wieso?«

»Weil … weil ich dann schon längst davongeflogen wäre.«

Er reibt am Stoff seiner Hose herum, als wäre da ein Fleck.

Ich schweige. Jeder weiß, dass Cheta eine Mutter hat, die ihn liebt, die auf ihn wartet, die ihn zurückholen will, irgendwann. Wenn der Stiefvater es nur erlauben würde.

»Einfach aus dem Fenster hinaus und davon«, sagt er dann, »immer geradeaus bis zur Abenddämmerung.« Er lacht ein Lachen, das keines ist. »Auf Nimmerwiedersehen«, fügt er an.

Keiner von uns weiß genau, was passiert, wenn einer kein Junge mehr ist, sondern ein Mann. Wenn er zu groß, zu breit, zu schwer, zu behaart wird. Wenn er sich nicht mehr klein genug machen kann. Wenn der Nebel ihn nicht mehr verbirgt.

»Weisst du, vielleicht funktioniert das auch so«, flüstert Cheta mir noch zu, als die Öllampe schon wieder erlischt.

»Was?« Ich blinzle. Mondlicht macht das Zimmer bläulich weiß.

»Das mit der schönen Erinnerung, vielleicht funktioniert das so: Vielleicht darf man keine schlechte haben, die die gute kaputtmacht, also sie nachträglich irgendwie zerstört.«

Ich sehe im Nachtlicht, wie Cheta sich auf den Bauch dreht und sein Kissen unter sich zusammendrückt. Er liegt darauf, als wollte er es ersticken.

Magare und ich sitzen im Boot. Ich beachte ihn nicht.

»Was hast du da?«

»Hm?« Ich habe gar nicht aufgepasst, was ich da zwischen meinen Fingern drehe.

»Was ist das in deiner Hand?«

Ich sehe auf das Etui hinab. Die Steinchen in den Flügeln der Fee blinken im Sonnenlicht. Das Boot schaukelt auf den Wellen.

»Von heute?«

Ich schüttle den Kopf.

»Zeig mal her.«

Ich zögere. Reiche ihm das Etui dann doch.

Magare zieht einen Mundwinkel abschätzig zur Seite.

»Kannst es Clopot schenken, unserem Glöckchen«, lacht er dann.

Ich lache mit.

Wäre ich allein, hätte ich noch bei Lilian haltgemacht. Um neben ihr sitzen zu können und nicht sprechen zu müssen, das Etui noch ein bisschen zwischen meinen Fingern zu drehen, oder eine von ihren Zigaretten, während sie in einem Glas Wein mit Wasser mischt.

»Burschi«, würde Lilian vielleicht sagen, »du bist so still heut.«

Und ich würde bloß weiter schweigen und wir würden uns beide die Abendsonne ins Gesicht scheinen lassen.

Lilian ist kein Geheimnis. Aber außer mir interessiert sich niemand für sie.

Sie sieht jeden einzelnen durch schwarz verklebte Wimpern abschätzend an, so wie mich, als ich das erste Mal versehentlich in ihre Bucht gerudert und so erschrocken gewesen bin, dass ich das Paddeln vergaß, weil sie einfach dasaß, den Oberkörper nackt, ihr Busen wie zwei Strümpfe halb gefüllt mit trockenen Bohnen. Oder Erbsen.

»Da schau an, ein Voyeur«, hat sie nur gesagt.

»Und ein so junger und gut aussehender Herr noch dazu.«

Aber jetzt wartet der Krakadzil, und wenn der warten muss, steht er jedes Mal schon an der Anlegestelle, baut sich vor mir auf, während ich noch das Boot vertäue, und lässt, sobald ich mich aufrichte, seinen Zeigefinger vor meinem Gesicht hin und her wischen, wobei er ungewöhnlich leise sagt:

»Tick, tack, tick, tack, tick, tack …«

Als der Krakadzil diesmal seine Nase über die Schatztruhe hängt, um darin herumzuwühlen, und mir seine ledrige Glatze mit den Knubbeln darauf entgegenhält, schließe ich die Hand in meiner Hosentasche fest um das Etui, als wüsste er, dass es da ist, dass ich es vor ihm verberge, als wollte er es mir entreißen. Aber er hebt bloß zufrieden einen Gegenstand nach dem anderen hoch, inspiziert hier das Metall, prüft dort ein Uhrglas, und murmelt: »Gut. Gutgut.«

Die Zipfel seines offenen grünbraunen Hemdes wehen sachte im Wind, während der Krakadzil Geldscheine einsammelt und nach ihrem Wert sortiert. Seine Bewegungen sind gleichmäßig, sparsam, wie die einer Bäuerin am Feld. Als er den Reißverschluss eines Täschchens öffnet, fällt ihm daraus ein Handy entgegen. Ich kann auch an seiner Glatze erkennen, wie sein Gesicht erstarrt. Er hält das Telefon in die Höhe, ohne aufzublicken. Er flüstert beinahe, als er sagt: »Ihr sollt doch keine Handys hierherbringen.«

Dann schreit er.

»Wie oft habe ich euch das schon gesagt? Keine! Verdammten! Handys!«

Er nimmt Anlauf Richtung Ufer und schleudert das Telefon in den Fluss. Danach kommt er zurück und wirft uns die kleine Tasche vor die Füße.

»Wollt ihr es wirklich für uns alle versauen, ha?« Er stellt sich zuerst vor Cheta und brüllt ihn an: »Willst du?« Als Nächstes tritt er vor Magare und spuckt ihm ein »Willst du? Hm?« ins Gesicht. Als ihn der Krakadzil dabei tatsächlich anspuckt, muss Magare lachen. Trocknet sich auffällig mit dem Ärmel das Gesicht. Da holt der Krakadzil aus und schlägt ihn mit der Hand mit dem breiten Goldring daran. Magare nimmt die Ohrfeige hin, ohne mit der Wimper zu zucken. Seine Wange rötet sich schnell. Der Ring ist als Abdruck darin. Am Ende stellt sich der Krakadzil auch noch vor mich hin. Ich schweige und starre durch ihn hindurch.

Irgendwann spuckt er aus.

Aus dem Bargeld macht der Krakadzil vier Stapel, einen großen und drei kleinere. Er wickelt ein Gummiband um den größeren und schiebt ihn in seine Gesäßtasche. Die kleineren teilt er wieder in je zwei Stapel, wobei einer jeweils nur noch aus ein paar wenigen Scheinen besteht. Er zählt, zieht ein

Heft aus seinem Hemd und trägt Zahlen darin ein. Wir warten. Auch um die drei höheren der Stapel macht er Gummibänder. Er winkt damit in unsere Richtung, nickt, legt das Geld in das Heft und steckt es ein. Die anderen Scheine stapelt er für uns auf der Schatztruhe auf, ein Häufchen für jeden. Dann will er sich zum Gehen wenden.

»Moment«, sage ich. »Cheta, gib ihm den Brief. Den Brief an meine Großmutter.«

Der Krakadzil dreht sich um. Cheta beginnt unter seinen Büchern zu suchen, was er für mich geschrieben hat.

»Dauert das noch lange?«, will der Krakadzil wissen.

»Da ist er.« Cheta klingt erleichtert, dass er den Umschlag so schnell gefunden hat. Dann aber wartet er ab.

Ich mache eine auffordernde Handbewegung und Cheta tritt zum Krakadzil hin, streckt ihm den Brief entgegen.

»Wie geht es ihr?«, frage ich nebenbei.

Der Krakadzil verstaut den Umschlag in seiner Tasche und lässt sich mit einer Antwort Zeit. »Gut«, sagt er dann. »So gut, wie es einer kranken, alten Dame eben gehen kann. Nicht wahr?« Ich weiß nicht, wen er das fragt. Er sieht mir fest in die Augen. Dann zieht der Krakadzil ein Bonbon aus der Tasche, in die er eben den Umschlag gesteckt hat. Hält es, als würde er es mir anbieten. Bevor ich jedoch danach greifen kann, zieht er es wieder zurück, wickelt es aus und steckt es sich selbst in den Mund. Er grinst mich an, sodass sein Gebiss vorne entblößt ist. Er hat sehr lange Eckzähne, einer davon ist golden. Der Krakadzil zerbeißt das Bonbon und lacht. Das Lachen ist kurz und knapp. Danach klappt der Krakadzil den Mund wieder zu. Schnapp.

»Also«, sagt er. »Bis zum nächsten Mal dann. Brav sein!«

Beim abschließenden Schulterklopfer ist mir, als wäre mir das Etui in den falschen Hals gekommen, als würde er es mit seinem Klopfen losschlagen, als würde ich es ihm vor die Füße spucken müssen, jeden Augenblick. Doch er bemerkt nichts.

Genau im Perlenvorhang dreht er sich noch ein zweites Mal um: »Ach ja. Das hätte ich beinahe vergessen: Ich bring euch bald einen Neuen. Nicht, dass einem von euch dreien noch langweilig wird.« Der goldene Eckzahn blinkt auf, als wäre er die wertvollste Perle im Vorhang. »Gelangweilte Jungen kommen immer so schnell auf dumme Ideen.« Dann ist der Krakadzil verschwunden.

An manchen der Abende, wenn der Krakadzil kommt, bleibt er länger sitzen und sieht uns zu. Das sind die gutgutguten, die sehrguten Abende.

Der Krakadzil hat eine kleine, flache Metallflasche in der Innentasche seiner Weste, aus der trinkt er dann. Ihr nicht, sagte er immer, wenn wir nach der Flasche schielen, ihr nicht! Wehe! Wenn ich euch einmal so erwische! Und nimmt noch einen Schluck, reibt sich die kratzigen Wangen.

ALLE MEINE SCHÄTZE glänzen silbern. Die Schwarz-Weiß-Fotografie vom Hochzeitstag meiner Eltern. Ein winziger Löffel, zu klein für meine Hand. Ich zähle die grauen Geldscheine in das blecherne Kästchen. Beschwere sie mit dem Etui. Lasse den Deckel zufallen.

Dann überlege ich es mir anders, nehme das Etui wieder heraus. Lege das Kästchen zurück in das Loch in der weichen Erde dort am Ufer, unter dem Busch.

Kopfsteinpflaster. Der gleiche Stand der Sonne.

Auf der anderen Seite der Straße beziehe ich Position unter einem Baum, das Holztor immer in meinem Blick. Der Baum lässt seine geflügelten Samenkörner um mich herum zu Boden trudeln. Ich zähle, wie viele Samen fallen. Ich zähle einmal zehn, ein zweites Mal zehn, beim dritten Mal komme ich nur bis acht, bis aus dem Gebäude ein Schrillen ertönt und bald darauf eine der Türhälften auffliegt, ohne eine Spur von Schwere, und danach die andere. Ich mache einen Schritt unter dem Baum hervor.

Endlich glaube ich, ich hätte sie erkannt. Sie schaut in meine Richtung und damit sie nicht umsonst schaut, hebe ich die Hand, winke ihr, als müsste sie mich ebenfalls erkennen. Strecke mich, mache mich breit. Nehme die Schultern nach hinten, pumpe meinen Brustkorb voll Luft. Spüre ein Ziehen in allen Muskeln.

Sie bleibt stehen und kneift die Augen zusammen, als hätte ich sie gerufen und sie hielte nun

Ausschau nach mir. Dabei kenne ich doch nicht einmal ihren Namen. Ich trete noch einen Schritt nach vorne, aus dem Schatten heraus. Nimm den Arm runter, sage ich zu mir selbst, und hör auf so dämlich zu grinsen. Ganz entspannt bleiben, Mann, rede ich mir zu, sie kann deine Angst sonst riechen. Und denke im nächsten Moment: Jetzt klingst du schon wie Magare, der Arsch färbt ab. Während sie einfach davongeht.

Als die Information endlich von meinen Augen über mein Hirn in die Beine geleitet wird, laufe ich beinahe zu hastig los, ihr hinterher. Sie ist bereits um die nächste Ecke gebogen. Dort angekommen, finde ich die Straße leer. So schnell kann sie doch gar nicht gewesen sein.

Ich renne, als wäre ich der Verfolgte und nicht der Verfolger, biege in die nächste Seitenstraße ein und bekomme beinahe einen kurzen Metallstock in die Magengegend gerammt.

Sie sieht mich erstaunt an.

»Hey, du bist doch … du bist doch der Typ! Der, der mir schon letzte Woche …!« Sie zieht die Faust mit der kurzen, stumpfen Waffe darin zurück, aber nur, um sie weiterhin bereitzuhalten. »Wer bist du und was willst du von mir?«

Wie um zu tasten, ob der Nebel noch da ist, fahre ich mir mit den Handflächen meine Oberarme entlang. Das Gefühl meiner Finger auf meiner eigenen Haut erschreckt mich. Dort bin ich nackt.

»Hey, ich rede mit dir!«

Ich denke mir, dass ich mich gleich auf ihre

dunklen Samtschuhe übergeben werde, so übel ist mir. Ganz wie beim ersten Mal.

»Was hast du für ein Problem!«

Das war keine Frage.

»Verfolgst du mich irgendwie?«

Das schon.

»Bist du eine Art Stalker oder was?«

Ob ich was?

»Ich schreie, und dann holt jemand Hilfe!«

Wenn sie schreit …

… erwischen sie dich. Das waren die ersten drei Wörter, die ich in ihrer Sprache habe sagen können: Sie. Erwischen. Dich. Tu das nicht, oder. Mach jenes nicht, sonst. Pass auf, denn andernfalls. Erwischen sie dich.

»Nein«, sage ich, und: »Bitte.«
Und strecke ihr das Metalletui entgegen.

»Verloren«, sage ich endlich, während ich ihr immer noch das Etui hinhalte.

»He, das ist ja meines!«, ruft sie aus. »Wo hast du das … ah, als wir zusammengestoßen sind … Muss wohl runtergefallen sein. Danke.« Sie nimmt es mir aus der Hand.

Sie wartet, als müsste ich noch etwas sagen. Es fällt mir nicht ein, was das sein könnte.

»Bitte«, sage ich wieder.

Einmal habe ich eine Nixe gesehen.

Die saß am Ufer unserer Insel im seichten Wasser und kämmte ihr dunkelgrünes Haar. Dabei summte sie leise vor sich hin. Hob sie die Arme, spielten ihre Schultermuskeln unter ihrer bläulich schimmernden Haut. Der Kamm war aus einer großen Muschel gemacht. Ich vergaß zu atmen und schob vorsichtig meine Füße einen Schritt nach dem anderen knapp über dem Boden auf sie zu. Als ich einen Fuß ins Wasser setzte, warf sie sich herum und sah mich aus weiten grauen Augen an. Ich schnappte nach Luft, als wäre ich der Fisch an Land.

»Wer bist du?« Ihre Stimme hatte ein Plätschern darin.

»Wer bist du?«, fragte ich zurück.

Da lachte sie: »Das siehst du doch.«

»Mein Name ist Petru. Petru …«, sagte ich und hatte zum ersten Mal seit Langem das Gefühl, als fehlte da etwas.

»Nur Petru?«

Ich dachte fest nach. Ich war mir sicher, dass da noch etwas gewesen war.

»Und wie heißt du?«, fragte ich also, um von mir abzulenken.

»Sirina«, antwortete die Nixe. Sie rollte sich einmal seitlich um sich selbst, wie ein Hund, der zum eigenen Spaß ein Kunststück aufführt.

»Nur Sirina?«

Sie kicherte: »Nur Sirina.«

Sie stemmte die Ellbogen in den Sand und blickte mich so von unten an. Beinahe wäre ich in die Knie gegangen, um ihr näher zu sein.

»Ich würde dich ja fragen, ob du mit in meinen Unterwasserpalast kommen möchtest …«

Mich beschlich das Gefühl, dass ich diesem Wesen ohne nachzudenken überallhin folgen würde. Und es gefiel mir nicht.

»Aber vielleicht … hast du ja etwas für mich?«, fragte sie dann.

Ich wusste nicht, was sie meinte. Als würde ich ständig Geschenke mit mir herumtragen, um sie zufällig auftauchenden Wasserwesen zu übergeben.

Ich griff mir von außen an die Hosentaschen. Die waren leer. Was konnte ich schon besitzen, das eine Nixe haben wollte.

Dann sah ich mich um, als würde sich zwischen den Steinen am Ufer etwas Brauchbares verstecken. Alles, was ich dort fand, war mein eigener Schatten.

»Den kannst du haben«, sagte ich, als wüsste ich, was ich da tat. Ich zeigte auf meinen Schatten.

Die Nixe wiegte den Kopf hin und her, als dächte sie darüber nach. Am Ende schien sie mit dem Angebot einverstanden. Sie zog sich weiter das Ufer hinauf, indem sie sich mit ihren Händen abstützte, bis sie mir zu Füßen lag. Dann packte sie meinen Schatten an den Knöcheln und riss ihn von mir los. Ich spürte nur ein leichtes Ziepen. So ein Schatten ist eine erstaunlich schlaffe Gestalt. Sie faltete ihn zusammen und verstaute ihn in einer kleinen Umhängetasche aus geflochtenem Seegras, die mir vorher gar nicht aufgefallen war. Dabei sah sie sehr zufrieden aus.

»Da, das ist für dich!« Mit diesen Worten zog sie in kleines silbernes Muschelhorn heraus. »Damit kannst du mich rufen, wenn du einmal Hilfe brauchst.«

Ich nahm das Horn entgegen. Hielt es an mein Ohr. Auch sie schien plötzlich zu lauschen, dann schlug sie mit ihrem Schwanz auf das Wasser ein, dass es nur so spritzte.

»Ich muss jetzt. Besuch mich nicht, hörst du!« Sie lachte wieder, als wäre das ein besonders guter Witz gewesen.

Schon warf sie sich in den Strom, tauchte, kam

noch einmal hoch. Nun hing ihr das Haar in dicken Strähnen herab und sah aus wie Tang. Sie hob die Hand zum Abschied.

Und fast genauso wie in dem Moment, in dem die Nixe ihre wimpernlosen Augen in meine Richtung aufgeschlagen hat, fast genauso fühle ich mich, als das Mädchen mit dem Etui mit mir spricht.

»Ja, dann …«, sagt das Mädchen.

»Bitte«, wiederhole ich.

Sie zögert. »Willst du vielleicht Finderlohn?« Dabei greift sie in ihre Jackentasche.

»Nein!« Ich wehre ab. Dann endlich fällt mir das Wichtige wieder ein. »Ich will … deinen Namen.«

»Du willst was?«

Sie nimmt die Hand leer wieder heraus.

»Deinen Namen.«

»Du willst wissen, wie ich heiße?«

»Ja.«

»Marja«, sagt sie.

»Marja?«, frage ich, wie so ein Idiot eben, in den ich mich offensichtlich irgendwann in der letzten halben Stunde verwandelt habe.

»Ja, Marja.« Sie lacht. »Aber nicht wie die Biene!«

»Biene?« Ich verstehe nicht, wovon sie spricht.

»Egal«, sagt sie. »Und du?«

»Wie heisst du, Kleiner?«, hat mich der Krakadzil damals ganz am Anfang gefragt und mir dabei die Ohren lang gezogen, aber nicht schmerzhaft, eher testweise, als würde er prüfen, ob sie abgingen.

»Petru«, habe ich geantwortet und dem Schiff mit dem schwarzen Segel hinterhergesehen.

»Wenn dich hier jemand fragt, heißt du Pierre«, hat der Krakadzil mir erklärt. »Hast du verstanden?«

Ich habe genickt.

»Pierre Pierdut«, hat er weiter gesagt. »So heißt du jetzt.«

Der Krakadzil hat die Zähne gebleckt und eine ausholende Geste gemacht, hin zu den anderen Jungen, die dort in einem Halbkreis standen.

»Hier sind alle Pierdut«, hat er dann gesagt und laut gelacht.

»Pierre«, gebe ich ihr deshalb als Antwort.

»Danke, Pierre«, sagt Marja und hält das Etui hoch.

»Bitte«, sage ich zum ich-weiß-nicht-wievielten Mal.

Dann geht sie.

Ohne nachzudenken folge ich ihr, eins, zwei, schließe auf. Sie wird schneller.

»Wohin … gehst … du?«, frage ich.

»Nach Hause, natürlich.«

Nach Hause, sagt sie. Als wäre es eine dumme Frage, wissen zu wollen, wohin jemand geht. Kann ja nicht andauernd jeder nach Hause gehen. Würde man ja niemals wohin kommen, von wo man wieder nach Hause gehen könnte. Blieben alle, wo sie sind. Das sage ich jedoch nicht. Ich nicke. Natürlich.

Und bleibe stehen.

Das war es also. Ich habe ihr das Etui gebracht, habe ihren Namen erfahren, sie hat sich bedankt und dann ist sie gegangen.

Tu etwas, fordere ich mich auf. Sag etwas, denke ich mir.

Da ruft auf einmal eine Frauenstimme Marjas Namen. Die dreht sich um und sieht an mir vorbei.

»Marja, Schätzchen!«

Eine braunhaarige Erwachsene ist mit ein paar schnellen Schritten bei uns.

»Gehst du auch gerade zum Essen nach Hause?«

Marja nickt. Sie scheint sich nicht unbedingt über das Auftauchen der Frau zu freuen. Ich jedoch bin dankbar für jede Sekunde, die sie mir zum Nachdenken verschafft.

»Und du?«, fragt die Frau da in meine Richtung, »Bist du ein Schulfreund?«

»Das ist Pierre«, erklärt Marja. »Er hat mir mein Etui zurückgebracht.« Wieder hebt sie die Hand mit dem Etui darin hoch, diesmal wie als Beweis.

»Ach, das ist aber nett von Pierre. Mag er mit uns zu Mittag essen?«

Die beiden reden miteinander, als wäre ich stumm. Allerdings habe ich auch noch kein Wort gesagt. Marja zuckt die Schultern, sieht mich an: »Willst du?«

Ich nicke, ohne lange zu überlegen.

»Na, dann komm mit«, sagt die Frau, »wir wohnen gleich da vorne.« Dabei deutet sie vage in eine Richtung. »Ich bin übrigens Gwendoline, Marjas Mutter. Du darfst gerne Wendy zu mir sagen.« Sie lächelt. Kurz fühlt sich das Lächeln an wie ein Loch, über das jemand Äste gebreitet und zu sorgfältig wieder Laub gestreut hat. Doch dann verschwindet die Tiefe daraus. Ich lächle auch.

»Und, wohnst du in der Nähe?«, will Marja von mir wissen.

»Nein.« Ich schüttle den Kopf und sehe mir selbst im Spiegel dabei zu, wie ich es tue. Wir stehen im Badezimmer von Marjas Wohnung und ich warte mit nassen Händen darauf, dass sie mir das Handtuch reicht. Jede freie Fläche ist vollgestellt mit Keramikschälchen, schmalen Glasflaschen und Tuben, die auch halb ausgequetscht noch elegant gekrümmt wirken. Auf dem Fensterbrett ein Topf mit einer Pflanze.

Als Gwendoline die Tür zur Wohnung geöffnet hat, war da ein Dschungel und im Dschungel ein schwarzbrauner Bär. Ich habe mir die Kappe vom Kopf gerissen und wie schützend vor mich gehalten.

»Runter, Nana!«, hat Marja den Bären angeschrien.

Das Monster, das offensichtlich auf den Namen Nana hörte, ist zurück auf alle viere gefallen und schwanzwedelnd auf Marja zugekommen. Dann hat es an meinen Schuhen geschnüffelt, den breiten Schädel gehoben und mich angeblafft.

»Waff! Waff!«

»Zurück, Nana, wirst du wohl«, habe ich eine Männerstimme aus einem anderen Zimmer rufen hören. »Jedes Mal, wenn jemand nach Hause kommt, machst du so einen Aufstand, Hund, das ist doch nur …« Bei diesen letzten Worten ist der Mann um die Ecke gebogen, stehen geblieben, hat mich angesehen, Marja angesehen, Gwendoline angesehen, hat seine Miene sortiert und seinen Satz mit »die Marja« beendet.

»Hallo«, hat er dann zu mir gesagt. »Du musst ein neuer Freund von Marja sein.«

Marja hat zur Seite gesehen und dem riesigen Hund, dem ein Speichelfaden bis zum Boden gehangen ist, den mächtigen Schädel getätschelt, als ginge diese Begrüßung sie nichts an. Der Hund hat sich geschüttelt und ein Batzen Hundespucke ist an Marjas Hand hängen geblieben. Die hat sich Marja einfach an ihrer Hose abgewischt.

»Marja!«, hat Gwendoline geschimpft und Marja wieder nur die Schultern gezuckt. Gwendoline hat angeekelt die Augen verdreht.

»Georg«, hat sich der Mann vorgestellt und mit seiner Hand auf die meine gewartet. »Ich hoffe, du hast keine Angst vor Hunden.« Gleichzeitig hat er das riesige Tier mit seinem Oberschenkel von mir abgedrängt.

Der Flur ist zu klein gewesen für vier Menschen und einen großen Hund.

»Geht ihr zwei euch doch schon mal die Hände waschen«, hat uns Gwendoline befohlen. »Marja, zeig ihm, wo das Bad ist.«

Und da bin ich jetzt.

»Wo dann?«

»Hm?« Beinahe traue ich mich nicht, das Handtuch anzunehmen, das Marja mir nun hinhält. Obwohl ich mir meine Hände gerade gewaschen habe, kommen sie mir immer noch zu schmutzig vor, um sie in dieser weißen Frotteewolke abzutrocknen.

»Wo du wohnst, habe ich dich gefragt.«

Ich antworte ein wenig zu langsam.

»Hinter zweite Brücke. Gleich rechts.«

Jetzt lacht sie. Zum ersten Mal lacht sie über etwas, das ich gesagt habe. Manchmal ist es am besten, die Wahrheit zu sagen, weil die anderen dann denken, du hättest einen Witz gemacht und über dem Witz vergessen, dass sie doch tatsächlich etwas hatten erfahren wollen.

»Scherzkeks.«

Ich weiß nicht, was das Wort bedeutet.

»Gehst du hier irgendwo in die Schule?«

»Nein.«

»Warum?«

»Nicht von hier. Ich bin. Nicht von hier.«

»Ha.« Ihr Lachen klingt diesmal abgeschnitten. »Bist ganz schön mysteriös, was?«

Ich fahre mir mit der feuchten Hand durch die Haare. Was sonst. Lächle, denke ich mir.

»Essen!«, ruft Georg aus der Küche.

»Bist du neu in der Schule?«, fragt Gwendoline, als ich gerade meinen Löffel in die Suppe tauche.

»Nein.« Ich versuche, nicht zu lügen.

Sie nickt wissend.

»Und, wo kommst du her?«, fragt Georg.

Ich sehe auf den halb untergetauchten Löffel und schweige. Wünsche mir, ich hätte kein Davor, kein Danach, nur ein Jetzt.

»Willst nicht darüber reden, hm? Das verstehe ich«, sagt Gwendoline.

»Meine Mutter hat viel mit Jungen wie dir zu tun«, erklärt Marja. »Überall, wo die herkommen, ist Krieg. Oder war Krieg. Oder wird wieder Krieg sein, was weiß ich.« Marja sagt das so dahin, als wäre Krieg eine zwar lästige, aber unvermeidliche, immer wiederkehrende Sache, eine Sache, die irgendwie Kinder produziert.

»Und wie alt bist du, Pierre?«, fragt wiederum Gwendoline.

Das mit dem Alter ist so eine Sache. Der Krakadzil hat anfangs zu mir gemeint, es sei besser, das eigene Alter zu vergessen. Einfach aus dem Gedächtnis zu streichen. Und das mit dem Älterwerden, das sollte man besser auch gleich bleiben lassen. Die Tage nicht zählen, die Wochen, die Monate. Die Jahre nicht zählen, denn die Jahre zählen nicht. Klein bleiben, das ist wichtig, und sich klein machen, wenn das mit dem Bleiben schwierig wird.

»Ich habe gehört, manche von denen wissen gar nicht, wie alt sie sind …«, sagt Georg, als ich zu lange keine Antwort finde.

Sobald ich nicht schnell genug rede, keine Auskunft geben kann, ist es, als würde sich ein Raum im Raum auftun, als wären die Wände dieses inneren Raumes in die eine Richtung durchsichtig, in die andere aus Spiegel. In diesen Raum ziehen sie sich zurück, um sich ohne mich zu besprechen. Ich kann sie noch sehen, sie mich jedoch nicht. Sie sehen nur noch sich selbst. In diesen Raum gehen sie, nur um daraus mit neuen Fragen zurückzukehren.

»Ist auch nicht so wichtig«, sagt Gwendoline und lächelt mir zu. »Magst du noch mehr Suppe haben, Pierre?«

Lilian nimmt einen Schluck Weinwasser.

»Und dann?«

»Dann nichts«, sage ich und trinke aus der Flasche brauner Limonade, die Lilian mir gegeben hat. »Bin gegangen.« Die Limonade spült den Aschegeschmack aus meinem Mund. Ich mag keine Zigaretten. Ich mag bloß, wie Lilian Zigaretten dreht.

»Du bist schon komisch, Burschi. Kannst bei einem jungen Mädel sein, das dir gefällt, und bist lieber bei mir alten Haut.«

Alte Haut. Ich traue mich nicht zu genau hinzuschauen, denn obwohl Lilian an diesem Tag ein T-Shirt trägt, ist es immer noch weit genug ausgeschnitten, um ihren nackten Busen darin herumpendeln zu sehen, sobald sie sich bewegt. Da, wo die beiden Brüste in der Mitte aufeinandertreffen, ist ihre Haut zerknittert wie schon einmal verwendete Alufolie. Rostbraun.

»Noch eine?«, fragt Lilian und zeigt auf ihre Eistasche, aus der sie kalte Getränkeflaschen zaubert. Ich deute ihr Nein. Meine zweite Limonade ist beinahe leer und ich muss jetzt schon pinkeln.

Ich will nicht neben Lilian ins Gebüsch machen, obwohl sie das nicht stört. Und zu den Toiletten gehen, das will ich auch nicht. Die sind ein Stück weit weg und auf dem Weg muss man an einigen anderen kleinen Buchten vorbei, in denen Leute auf Decken oder auf Holzbänken sitzen. Manchen der Männer hängt dabei der Hodensack durch die Holzbretter der Sitzbänke nach unten.

»Ja, wir sind schon ein ganz eigenes Volk«, hat Lilian gelacht, als ich das erste Mal vom Weg zur Toilette zurückgekommen bin und ihr meine Beobachtungen mitgeteilt habe. »Manche Menschen sind eben gerne nackig. Stell dir vor, es gäbe ein Land voller Nackerbatzeln. Das ganze Jahr über. Jeden Tag. Alle nackt. Überall.«

Ich tat, wie sie gesagt hatte, und stellte mir von der Sonne verbrannte nackte Leute in allen Farbtönen vor, von Schweinchen bis Kastanie, wie sie Wagen lenkten und Einkäufe erledigten, wie sie nackt in der Schlange am Schalter der Post anstanden, auf Parkbänken eine Pause machten. Unbekleidete Verkäuferinnen in leeren Bekleidungsgeschäften.

»Es müsste natürlich ein warmes Land sein. Also, immer. Warm. Zu heiß ist aber auch nicht gut«, hat Lilian weiter überlegt.

Nun lehnt sie sich zurück und spreizt die Beine, sitzt da, als baumelte auch ihr ein Gemächt durch die Freiräume zwischen den Holzbrettern. Ich bin ein kleines bisschen dankbar für die Leggins im Tigermuster. Sie kneift die Augen vor der Sonne zu. »Herrlich.«

In meiner Hosentasche steckt ein Zettel, auf dem steht eine Reihe von Ziffern, das ist die Telefonnummer von Marja. In diesem Augenblick bin ich mir sicher, dass sie da drin im Dunkeln glüht.

Es war Gwendolines Idee, dass Marja mir ihre Telefonnummer geben sollte. Sie könne mir doch helfen, die Sprache zu üben, hat Gwendoline gemeint, und dabei selbst ein wenig die Grammatik wiederholen, das wäre doch sehr praktisch. Marja hat wieder einmal die Schultern gezuckt, als wäre es ihr gleich, und die Hand aufgehalten. Ich habe die Hand angeschaut, unsicher, was ich damit nun anfangen sollte.

»Gib mir dein Handy«, hat sie gesagt, »damit ich dir meine Nummer einspeichern kann.«

Ich habe erklärt, dass ich kein Handy besitze.

»Wie kann man kein Handy haben?«, hat Marja gefragt.

»Das macht doch nichts«, hat sich Gwendoline eingemischt und Marja einen Zettel von einem kleinen Notizblock abgerissen. »Nimm den Zettel, schreib ihm deine Nummer auf.«

»Kein Handy«, hat Marja noch einmal wiederholt, in einer Mischung aus Erstaunen und Unglauben, während sie ihre Nummer auf das Papier malte.

»Nicht verlieren«, mahnte sie mich noch, als sie mir den Zettel gab.

Schnell faltete ich ihn zusammen und schob ihn in meine hintere Hosentasche.

»Danke«, sagte ich, wie schon so oft an diesem Nachmittag, beinahe so oft wie Bitte, hatte es plötzlich eilig und wusste selbst nicht warum.

»Und falls du mal Hilfe brauchst … du weißt ja, wo wir wohnen!«, hat mir Gwendoline noch hinterhergerufen. Da stolperte ich schon die Stiegen hinab und aus der Haustür hinaus. Draußen musste ich mich an die Wand lehnen und tief Luft holen.

»Was ist los mit dir, Alter?« Magare sieht mich misstrauisch an. Er sitzt im Schneidersitz beim Essen, als ich durch den Perlenvorhang komme. Ich bleibe an den Schnüren hängen. Jeder bleibt ständig an den Schnüren hängen.

»Was soll sein?«

»Irgendetwas stimmt nicht mit dir.« Er zieht die Augenbrauen zusammen.

»Was soll nicht stimmen?«

»Weiß nicht. Irgendwas.«

»War bei Lilian«, erkläre ich, reiße ein Stück Brot aus dem Laib in der Schüssel.

»Bei der eingetrockneten Pflaume? Ha!«, macht Magare und isst weiter.

Ich setze mich zu ihm, stopfe mir Brot in den Mund.

»Nein, irgendwas ist anders«, lässt er nicht locker.

»Was soll anders sein.«

»Hast du gevögelt?«, fragt er. Mit Magare ist man immer ganz schnell bei diesem Thema, dazu braucht es nicht viel.

»Fick dich!«, antworte ich.

Niemals würde ich Magare von Marja erzählen. Magare ist ein Arsch, wenn es um Mädchen geht. Er nennt jede Lady. Und zu uns sagte er: Wenn du sie Lady nennst, fällt ihnen gar nicht auf, wenn du sie behandelst wie eine Bitch. Als hätte der jemals Gelegenheit gehabt, eine auch nur irgendwie zu behandeln. Als hätte der überhaupt Ahnung haben können.

Ich lasse den Kopf seitlich aus der Hängematte hängen, eine Hand dazu, und streife mit den Fingerspitzen über den Boden. Cheta näht gerade einen Knopf an sein Hemd.

»Mama, das größte Glück wäre es, bei dir zu sein …«, beginnt er zu singen und seine Stimme klingt wie ein mit Wasser gefülltes Glas. Im Licht des Feuers wirkt er größer, lang gezogen. Die Schatten machen seine Ohren spitz. Sein Haar schimmert golden. Vielleicht stimmt es doch, was wir manchmal im Spaß über ihn sagen: dass sein Vater ein Elfenprinz war, bald nach Chetas Geburt aus der Welt der Menschen verschwunden.

»Fresse, Mann«, befiehlt Magare.

»Selber Fresse«, kommt von Cheta.

»Kannst du nicht einmal mit diesem Scheiß-Lied aufhören?« Magare sagt niemals bitte.

»Kannst du nicht damit aufhören, so ein Opfer zu sein?«, fragt Cheta.

»Ja, wenn du aufhörst, diese Kacke zu singen!«

»Ich kann singen, was ich will!«, stellt Cheta fest.

»Ich werde dir eine aufs Maul geben, und dann

werden wir sehen, ob du noch singst! Und denk mal ein bisschen an Petru, der hat nicht mal eine beschissene Mutter.«

Stille. Mein Finger zeigt immer noch zu Boden.

»Du hast doch keine Ahnung, Arschloch«, sage ich jetzt zu Magare, weil ich das heute schon einmal tun wollte.

Er hat wirklich keine Ahnung. Ich habe auch keine und Cheta ebenso wenig. Einer weiß nichts über den anderen und so geht das im Kreis. Da ist es ganz egal, wovon wir einander erzählen, was wir voneinander hören, was einer dem anderen im Traum verrät. Dass alles, was ich von meinen Eltern jemals besessen habe, ein Foto ist, ihr Hochzeitsfoto auf dem Nachttisch meiner Großmutter, meiner Großmutter, die ihr Bett irgendwann nicht mehr hat verlassen können, und die im Gleichtakt mit einer Maschine atmen muss. Dass Chetas Stiefvater ihn schon kurz nach der Hochzeit aus dem Haus haben wollte, Geld sollte er verdienen, das damals achtjährige, zu hungrige Maul, und die Mutter nichts anderes tun konnte, als zuzusehen, wie man ihren Jungen fortbrachte. Dass Magare hingegen seiner Mutter keine einzige Träne nachweint, jedoch seinem Vater, den diese fortgejagt hatte, nachdem ihr klar geworden war, dass der schwul war, schwul blieb und immer bleiben würde, was Magare ein paar Jahre später zur Einsicht brachte, dass sie dasselbe mit ihm tun würde, würde er ihr nicht zuvorkommen.

Von nichts wissen wir, in Wahrheit, sogar wenn wir es einander entgegenschreien. Und wer würde uns auch glauben.

Ich gehe noch einmal hinaus. Der Abend ist ein anderer. Die Perlenschnüre verheddern sich diesmal hinter mir. Ich blicke nach oben: ein paar dramatisch beleuchtete Wolken. In meiner Hosentasche fühle ich nach meinem Päckchen Feenstaub. Ich spucke, aber der Speichel bleibt mir an der Lippe hängen und kommt erkaltet wieder hoch.

»Für mich«, sage ich, als ich auf eines der drei Handys, die ich über den gläsernen Ladentisch schiebe, schützend meine Hand lege. Das habe ich eben beschlossen.

»Keine Handys!«, das ist eine der Regeln vom Krakadzil.

Was, wenn sie dich erwischen würden, was, wenn sie so täten, als ließen sie dich laufen, aber dir bloß auf die Spur kommen wollten. Was, wenn du Fotos hättest, Namen, ein Leben.

Der Typ hinter der Theke nimmt die anderen beiden Telefone und sieht mich fragend an: »Sicher?«

Ich nicke.

Er zählt mir das Geld für die zwei Handys hin. Ich stecke es ein.

»SIM-Karte?«, fragt er mich.

Ich nicke wieder.

»Welche?«

Ich zucke mit den Schultern. Er kramt in einer Schublade, legt mir ein buntes Kartonbriefchen hin. Nennt einen Preis.

Ich packe das Geld aus meiner anderen Hosentasche auf die Vitrine. Er streift es auf seiner Seite hinunter.

»Weiß das euer Krakadzil?«, will er dann wissen.

Stumm schiebe ich noch ein paar Geldscheine über den Tisch.

DER STRICH AUF dem Display blinkt erwartungsvoll. Ich lasse einen Finger über den Symbolen schweben, als würde er irgendwie vom richtigen angezogen werden, als würde sich die Nachricht von alleine tippen, wenn ich es nur fest genug wollte. Ich wische herum.

Eine Liste mit kleinen Bildern erscheint. Menschen, Herzen, Tiere. Ich wähle ein lächelndes gelbes Gesicht. Schicke es weg.

»☺«

*Gong!*, macht das Handy.

»Шǽ«, steht da auf einmal auf dem Display. Das muss eine Begrüßung sein. Ich vergleiche die Zeichen mit denen, die ich zur Auswahl habe.

»Шǽ«, tippe auch ich in das Feld ein und dann auf den Pfeil. Meine Nachricht poppt im Fenster unter Marjas auf.

Das Handy gongt erneut: »Ψέι ςέλżţ ξǿ?«

Ich zögere. Was jetzt? Ich wähle Zeichen, lösche sie wieder. Tippe auch diesmal Marjas Nachricht ab. Mein Daumen schwebt über dem Pfeil.

»Ψέι ςέλżţ ξǿ?«

Lieber nicht.

Zeichen für Zeichen lasse ich die Nachricht wieder verschwinden.

»Ψέι ςέλżţ ξǿ«

»Ψέι ςέλżţ ξ«

»Ψέι ςέλżţ«

»Ψέι ςέλżţ«

»Ψέι ςέλż«

»Ψέι ςέλ«

»Ψέι ςέ«

»Ψέι ς«

»Ψέι«

»Ψέι«

»Ψέ«

»Ψ«

»«

Ein blinkender Strich.

»Hey, Pierre, da bist du ja!«

Ich versuche nicht zu keuchen und halte den Mund geschlossen, aber so fehlt mir die Luft, um etwas sagen zu können. Ich nicke und schaue recht freundlich. Sie muss nicht wissen, dass ich gerannt bin.

»Cooles Shirt«, sagt sie jetzt und deutet auf den Hulk. Unter dem Hulk bin ich. Ich lasse meine Brust ein wenig anschwellen und sie redet weiter: »Bisschen eng aber, meinst du nicht?« Dann sagt sie etwas von rauswachsen und bald und zieht am Stoff, der mich auf einmal in die Achseln schneidet. Kurz achte ich nicht darauf, wohin ich gehe und remple einen anderen Schüler an, der uns entgegenkommt.

»Hey, was soll das?«, herrscht der mich an.

Marja grüßt ihn mit einem »Hey, Bernhard, sorry!«.

Ich drehe mich nach dem anderen um. Er schaut uns nach.

»Ein Freund?«, frage ich Marja.

»Nein, wir sind nicht befreundet, nicht wirklich. Ich … ich habe nicht so viele Freunde.«

»Sind wir?«, frage ich schnell.

»Was? Freunde?«

»Ja.«

»Wir sehen uns doch erst zum … was, zum zweiten Mal?«

»Drei.«

»Okay, das dritte Mal. Aber man ist doch nicht einfach befreundet, weil man sich ein paarmal sieht!«

»Wann?«

»Ab wann man befreundet ist?« Marja bläst Luft aus, als stellte ich sehr schwierige Fragen. »Ich weiß nicht … wenn man … wenn man … ich weiß nicht, man muss halt miteinander reden. Viel reden. Über … Sachen.«

»Okay.«

»Was okay?«

»Machen wir.«

»Was?«

»Reden!«

»Worüber?«

»Du willst?«

»Na, so einfach … auf Kommando geht das doch nicht! Und einmal … da muss man schon öfter!«

Ich glaube, ich mache ein enttäuschtes Gesicht, denn plötzlich lacht sie mich aus.

»Okay, du kannst mein Freund sein. Also: ein Freund.«

»Jetzt?«

»Ja, manchmal geht's halt auch schneller.«

»Warum?«

»Ach, wenn man zum Beispiel gleich von Anfang an das Gefühl hat, sich schon länger zu kennen.« Sie macht einen kleinen Hüpfer, wie um über ihren eigenen Satz hinwegzuspringen. Gleich darauf fragt sie: »Warum schreibst du mir eigentlich nie auf meine SMS zurück?«

»Schreib nicht gerne.«

»Blödmann.« Marja lacht wieder über mich. Ich lasse mich wirklich gerne von ihr auslachen, so halb und halb wie sie es meint: immer auf meiner Seite.

»Du musst keine Angst haben, Rechtschreibfehler zu machen.«

»Hm?«

»Ob du Angst hast, dass du Rechtschreibfehler machst?«

»Hm.«

»Ich lach auch nicht, ich versprech's«, sagt sie und lacht schon wieder.

Da lache auch ich ein wenig, hauptsächlich weil ich ihr gefallen will.

Sie greift in ihre Jackentasche und zieht ihr Handy heraus.

»Da, schau, das hat mir eine Freundin heute geschickt.«

Ein Bild und in Weiß darauf fett gedruckte Zeichen, zwei Zeilen voll. Ich sehe das Bild an und tue das zu lange, ich sollte wissen, was meine Reaktion sein müsste, aber das Bild sagt mir gar nichts, es ist einfach nur so ein Typ mit einem etwas seltsamen Gesichtsausdruck.

»Das ist ein Witz, Pierre. Verstehst du den nicht? Egal. Wart, ich hab noch eines.«

Wieder zeigt sie mir ein Foto, diesmal ein anderer Typ, der hat ein Fell umhängen und hinter ihm ist alles weiß. Und wieder Schrift darunter. Ich greife nach dem Handy, halte es mir knapp vor die Augen. In mir wächst eine Wut auf die Buchstaben.

Auf einmal spüre ich, dass ich wieder kleiner werde, je mehr die Wut wächst. Bald ist sie größer als ich.

»Pierre?« Marja greift mit ihrer Hand leicht die meine und das Handy, und ich spüre, wie ich weiter in mich zusammensinke.

»Was!« Das kommt unfreundlich heraus. Ich will sie nicht anfahren. Gerade mag ich es nicht, wie sie meine Hand anfasst und mich schrumpfen lässt, und ich will doch nichts an ihr nicht mögen.

»Pierre, kann es sein, dass du … dass du gar nicht lesen kannst?«

Wir stecken die Köpfe über einem von Marjas alten Lesebüchern zusammen. Ihr Silberhaar hängt mir ins Gesicht, kitzelt mich an der Wange. Ich fasse nach einer Strähne, reibe sie zwischen den Fingern.

»Bist du krank?«, frage ich.

»Wegen der grauen Haare?« Sie sieht ihr Haar an, als sähe sie es selbst eben zum ersten Mal. »Nein, ich bin nicht krank. Höchstens ein bisschen im Kopf. Wenn du den anderen glauben möchtest.«

»Den anderen?«

»Denen in der Schule zum Beispiel.«

Immer noch halte ich ihre Haarsträhne. Wickle sie mir nicht um den Finger, auch wenn ich das gerne täte.

»Die sind gefärbt«, sagt sie schnell und zieht sie mir mit einer Kopfbewegung aus der Hand.

»MAGARE, WO IST der verdammte Spiegel?«

Es ist immer Magare, der den Spiegel hat.

»Spieglein, Spieglein in der Hand, wer ist der Süßeste in diesem Land?«, ruft Cheta manchmal, wenn Magare schon wieder in einer Ecke herumlungert und mithilfe der Spiegelscherbe versucht, die ohnehin beinahe unsichtbaren dunklen Punkte auf seiner Nase und in dem Grübchen unter seinem Kinn wegzuquetschen. Das hat Cheta vom Krakadzil gelernt, aber als der Krakadzil das einmal zu Magare sagte, klang das, als wartete er auf eine ganz bestimmte Antwort.

»Fick dich«, faucht Magare dann, während er weiterquetscht, mit wässrigen Augen und Fingernagelabdrücken überall im Gesicht.

Jetzt schwingt Magare in der Hängematte.

»Magare, der Spiegel!«

»Ja, Mann.«

Er beugt sich hinunter und wühlt in seinen Sachen, Decken und Tüchern und Kleidungsstücken, bis er endlich die große Scherbe findet, ein Stück davon fest mit Stoff umwickelt, als Griff.

»Da.«

Magare wirft mir den Spiegel zu, und ich sehe schon, wie mir die Scherbe in der Brust steckt, wie dunkelbraunes Blut herausquillt, weiche aus, die Scherbe klirrt gegen die Wand, bricht genau entzwei.

»Hast du sie noch alle?«

»Warum fängst du nicht?«

»Echt jetzt?«

»Haben wir eben zwei.«

»Arschloch«, murmle ich, aber irgendwie hat er recht, wenigstens muss ich ihm das Ding nicht mehr jedes Mal wegnehmen, kann eine der Hälften vielleicht sogar für mich behalten. Als ich ein Stück aufhebe, ritze ich mir den Finger. Blut verschmiert die Kante. Das erinnert mich an eine andere alte Geschichte, aber ich weiß nicht mehr, wie die ging.

»Spieglein, Spieglein«, sage ich leise.

ALLE MEINE SCHÄTZE glänzen silbern. Da war Marjas Etui, das sie schon wiederhat. Da ist nun das Handy, das neue. Eine Pinzette aus einer der Damenhandtaschen, am schmalen Griff mit zwei Schnörkeln verziert. Und die Spiegelscherbe, die halbe.

Ich sitze am Ufer des Flusses, meine Schätze auf meinem Schoß aufgereiht. Die Ufer hier sind so breit, so lange, so flach, dass die Wale weit davon entfernt durchs Wasser treiben.

Dann halte ich mir mit der linken Hand die Spiegelscherbe vor das Gesicht, die Pinzette in der rechten. Die wenigen eingewachsenen Barthaare verstecken sich in kleinen Eiterpickeln mit nur für meine darüberstreichende Hand spürbar stacheligen Köpfchen. Ich knipse die Haut über einem davon weg, ziehe an der Haarspitze, bis sich die Wurzel lockert und sich das kurze, leicht gebogene Härchen feucht und glänzend aus der Pore löst.

Marja hüpft beim Gehen. Ich habe sie von der Schule abgeholt. Jeden Tag hole ich sie jetzt von der Schule ab.

»Hast du eigentlich nur grünes Zeug?«, will sie wissen.

»Was?«

»Deine Turnschuhe. Dein T-Shirt. Du hast immer grüne Sachen an.«

»Mag ich.«

»Ja, hoffentlich. Ich meine, warum sollte man sonst ständig grüne Sachen anziehen. Außer du hast so eine verrückte Mutter, die dir nur grünes Zeug andreht … Was machst du eigentlich so?«, fragt sie dann.

»Wo?«

»Nicht wo. Was du so tust. Außer vor meiner Schule abhängen und warten, dass ich herauskomme.« Marja zeigt mir ihre Zähne.

Ich tue, als würde ich in meiner Hosentasche etwas suchen. Ziehe Kaugummi heraus, biete ihn ihr an. Sie nimmt keinen. Ich stecke mir selbst einen in den Mund. Kaue. Sie wartet.

»Na ja«, sage ich.
Kaue noch ein bisschen.

An diesem Abend hängt in einem der Äste ein verschrumpelter roter Luftballon. Von Zeit zu Zeit zerrt der Ballon an seiner Leine. Schlägt sich seinen Ballonkopf am darüberliegenden Ast. Weil er schon so wenig Luft in sich hat, sticht ihn das nicht auf. Ich stelle mir das Kind vor, das den Ballon verloren hat, ihm nachgesehen, als er davongeflogen ist, stelle mir vor, wie das Kind sich vorgestellt hat, wohin sein Ballon fliegt, und denke: Es hat sich sicher nicht mich ausgedacht.

»Da, ich hab da was für dich.«

Der Krakadzil zieht ein dunkelgrünes Basecap hervor.

»Du stehst doch so auf Grün, oder?«

Ich nicke, nehme die Kappe. Vorne sind golden zwei schmale, vierzackige Sterne eingestickt, ein großer und ein kleiner. Ich setze sie auf. Ein Schatten fällt mir über die Augen. Der Krakadzil betrachtet mich, verschiebt die Kappe ein wenig, sodass sie mir schief auf den Haaren sitzt. Dann nickt er, mit sich selbst zufrieden.

Ich sitze mit Marja am Esszimmertisch und lasse mir von ihr meine Hand über das Papier führen. Unsere Köpfe sind knapp beieinander und ich spüre mehr, als dass ich aus dem Augenwinkel sehe, wie ihr Mund die Buchstaben formt, die wir schreiben. Draußen dämmert es bereits, aber wir haben noch kein Licht gemacht. Ich fühle die Luft zwischen uns, dieses Flirren, wie kurz vor einem Gewitter. Sie stoppt und streicht sich mit einer Hand ihr Haar hinters Ohr. Eine winzige weiße Blüte fällt auf das Papier, dann eine zweite, eine dritte und wieder ist da der Geruch von Orangen. Ich fasse den Stift fester.

»Pierre, magst du mir beim Keksebacken helfen?« Gwendoline steckt ihren Kopf aus der Küche.

»Ja, bitte hilf ihr«, höre ich Georg aus dem Wohnzimmer rufen.

»Willst du damit sagen, dass ich nicht backen kann?«, schreit Gwendoline zurück.

»Ich sage gar nichts, meine Liebe, ich schweige, bis mein Anwalt kommt.«

»Pierre, komm her, dem zeigen wir's!« Sie winkt mich zu sich. Ich lasse den Stift los.

»Aber wir sind noch nicht fertig«, protestiert Marja.

»Pausen sind wichtig«, erklärt Gwendoline, »und Kekse auch. Für die Motivation.«

Ich hebe entschuldigend meine Hände in Richtung Marja und folge Gwendoline in die Küche.

»Also, was weißt du über Kekse, Pierre?«, fragt sie, während sie mir eine Schürze reicht.

Das nächste Mal, als der Krakadzil endlich damit fertig ist, sich durch die Schatztruhe zu wühlen und das Geld zu zählen, fällt mir auf, dass die drei Stapel auf unserer Seite sichtbar kleiner ausfallen. Für jeden von uns bleiben am Ende weniger Scheine als eine Hand Finger hat. Der Krakadzil scheint das nicht zu bemerken. Ich presse meine Lippen aufeinander. Ich ziehe die Luft ein. Ich trete von einem Fuß auf den anderen. Und als der Krakadzil sein Geld in sein Heft schiebt, sage ich: »Aber!«

Der Krakadzil hält inne.

»Ja, bitte?«, fragt er.

»Das Geld … unser Geld … ich meine …«

»Was ist mit dem Geld?« Der Krakadzil hat seine Hände vor seinem Schritt ineinandergelegt, hält so das Heft fest und steht breitbeinig und abwartend da, als hätte ich eine sehr gute Erklärung abzugeben.

»Das ist doch viel zu wenig!«, rufe ich aus.

»Ja, weil ihr zu wenig bringt.«

»Das ist immer noch … immer noch mehr als halb so viel wie … wie wir zu viert waren!«

»Soso, immer noch mehr als halb so viel. Ein Rechenmeister.«

Weiterhin hält der Krakadzil seine Hände auf dem Heft aufeinandergelegt. Wippt ein bisschen in den Hüften hin und her. Bewegt das eine Knie, dann das andere.

»Du hältst dich wohl für einen ganz schlauen Burschen, was?«

Nein, sage ich, in meinem Kopf drinnen. Laut sage ich nichts.

»Ihr bringt nur die Hälfte, also bekommt ihr nur die Hälfte, das ist doch logisch, nicht wahr? Sag es mir, Schlaumeier!«

Da platzt es aus Magare heraus: »Aber der Dritte kann doch nichts dafür! Wir können doch nur zu zweit! Und einer muss immer hier …«

»Was soll das werden, wisst ihr jetzt alle alles besser als ich? Ha?«, brüllt der Krakadzil los. »Und du, du sollst hier für Ordnung sorgen«, sagt er zu mir, »nicht die anderen auf blöde Ideen bringen.« Der Satz endet mit einem Zeigefinger genau vor meiner Nase.

»Du solltest dich besser mehr anstrengen. Die Medizin für deine Oma ist nämlich ganz schön teuer … und wer weiß, wie lange wir die so noch bezahlen können.«

Ich versuche den Kopf ein wenig zur Seite zu drehen, ohne dass der Krakadzil es bemerkt.

»Haben wir uns verstanden?«

Gerne würde ich einen Schritt zurück machen.

»Ob wir uns verstanden haben!«

»Ja«, antworte ich und es kommt zu leise und viel zu hoch heraus. Ich schlucke einen ganzen Mund voll Speichel hinunter. Als hätte meine Zunge sich in die Hosen gemacht.

»Das ist übrigens gekommen«, knurrt der Krakadzil, bereits wieder halb versöhnt, und holt einen Briefumschlag hervor. Ich will danach greifen.

»Nicht für dich, du Depp. Für ihn!« Der Krakadzil deutet auf Cheta.

Cheta liest seinen Brief, als ich ihm ein Stück Schokolade bringe. Ich bringe die Schokolade, weil ich etwas will, aber Cheta ist auch nett, wenn man ihm nichts bringt, also bringe ich die Schokolade eigentlich nur, weil ich das so möchte.

»Stell dir vor«, sagt er, »meine Mutter schreibt, sie hat sehr bald eine große Überraschung für mich!«

»Weißt du, was?«

»Dann wär's ja keine Überraschung! Aber: dass ich endlich nach Hause kommen kann, was sonst!«

»Braucht denn deine Familie das Geld nicht mehr?«

Ich möchte ihn auch fragen, ob er denn tatsächlich glaubt, dass sein Arschloch von Stiefvater das erlauben würde. Cheta scheint überzeugt, liest die Stelle wieder und wieder leise, liest sie mir laut vor.

»Also willst du mich wirklich mit Magare allein lassen?«, frage ich, weil er auf meine erste Frage keine Antwort gegeben hat, und es ist nur halb im Scherz. Cheta stutzt: »Ich würde … Ha, als würde das Magare nicht gefallen, dich ganz für sich zu haben! Und mich kann er ohnehin nicht wirklich leiden.« Dann tippt Cheta schon wieder auf den Brief. »Genau hier steht es!«

»Dass du nach Hause kommen kannst?«

»Nein, natürlich nicht! Große Überraschung steht da, das habe ich dir doch gesagt. Aber was könnte das auch sonst sein.«

Ich weiß es nicht.

»Ich möchte mir ein Buch leihen«, sage ich endlich.

»Ein Buch?«

»Ja, ein verdammtes Buch.«

»Warum willst du ein Buch?«

»Zum Lesen, wozu sonst?«

»Du kannst doch gar nicht …« Er spricht nicht weiter.

»Das geht dich … Kann ich jetzt ein Buch haben?«

»Klar. Nimm dir irgendeines, dazu brauchst du doch nicht fragen.«

»Ich weiß nicht welches.«

Cheta wirft ein paar Stapel durcheinander, bis er findet, wonach er sucht. »Da, nimm das hier.«

»Worum geht's da?«

»Piraten.«

Ich schaue Cheta zweifelnd an.

»Zuweilen wimmelte die Insel von Wilden, mit denen wir kämpften, zuweilen von gefährlichen Raubtieren, die uns verfolgten; aber in allen meinen Träumen …«

Ich habe das Buch einfach irgendwo aufgeschlagen. Die Wörter wollen nur holprig aus mir heraus. Es ist, als müsste ich jedes hinten in meinem Rachen brechen, damit es mir in kleineren Teilen leichter über die Zunge geht.

»… aber in allen meinen Träumen begegnete mir nichts so Seltsames und Tragisches wie später in der abenteuerlichen Wirklichkeit.«

Auf einmal springt Magare vor meine Hängematte.

»Alter!«, schreie ich ihn an. Das heißt: Du hast mich erschreckt. Aber auch: Du gehst mir auf den Sack.

»Was'n das? Hat dich jetzt schon unsere kleine Büchermade mit diesem Lesen angesteckt?« Magare hascht nach dem Buch, ich halte es außer seiner Reichweite.

»Lass das.«

»Feenstaub?«, fragt Magare mich und wedelt mit seinem Säckchen.

»Nein«, sage ich und schiebe das Buch zwischen meinen Rücken und die Hängematte, verschränke die Arme vor der Brust.

»Ich merk schon, wenn ich wo unerwünscht bin.« Magare schaut, als täte ihm etwas leid, und dieses etwas bin ich, weil ich auf seine Gesellschaft verzichte. Dann geht er wieder und ich ziehe erneut das Buch hervor.

In dieser Nacht kommt ein Gewitter über die Insel. Beim ersten Donner denke ich, es wäre ein Baum auf uns gekracht. Dann setzt der Regen ein und ein Wind, so laut, dass keines von Chetas Wörtern bei mir ankommt, als er in meine Richtung schreit. Er deutet nach oben. Es tropft von der Decke.

Wir stellen Töpfe und Schüsseln auf, aber die undichten Stellen werden immer mehr. Aus Stühlen und Decken bauen wir ein Zelt, dort kauern wir dann zu dritt. Sehen zu, wie sich Töpfe langsam füllen, unsere Gesichter immer wieder von Blitzen erhellt.

Ich wache auf und habe eine Decke über dem Kopf. Das Zelt ist über uns zusammengebrochen. Mein linkes Bein gehorcht mir nicht. Cheta liegt darauf. Ich bewege meinen rechten Arm. Darunter grunzt Magare. Es ist, als müsste ich erst einmal sortieren, welche der Gliedmaßen hier mir gehören, bevor ich mich aufsetzen kann.

Der Fluss ist braun und schwer. Der Busch, unter dem mein Kästchen vergraben liegt, wächst nun aus dem Wasser. In meiner Hosentasche schließe ich meine Finger um meinen neuesten Schatz, ein Silberarmband.

Ich schenke das Armband Marja. Sie schiebt es sich auf das Handgelenk und hält es in die Luft.

»Schön«, sagt sie.

Wir liegen auf ihrem Bett, die Zimmertür steht offen. Ihre Kopfhörer verbinden ihr linkes Ohr mit meinem rechten.

»Danke«, sagt sie jetzt, flüstert beinahe, und dreht sich so, dass sie mit dem Gesicht zu mir liegt. Auch ich wende mich ihr zu.

»Bitte«, flüstere ich zurück und es klingt ganz anders als beim allerersten Mal, als ich ihr das Etui zurückgeben wollte und in Wahrheit um etwas bat. Es kommt mir vor, als würde der Abstand zwischen unseren Nasen langsam geringer. Ich kann ihren Atem auf meinem Gesicht fühlen.

»Wo hast du das denn her?«, fragt sie und wedelt mit dem Handgelenk mit dem Armband daran.

Ich drehe mich wieder auf den Rücken. Ich liege nicht gerne so. Es fühlt sich an, als würde man sich selbst erdrücken.

Jedes Mal, wenn ich Marja sehe, lüge ich. Wenn ich sie nicht anlügen würde, könnte ich sie nicht sehen. Lieber wäre mir, dass alles, was ich ihr bisher erzählt habe, mit einem Schlag die Wahrheit wäre, damit ich endlich ich bin, auch wenn ich dann ein anderer sein müsste, nur damit ich mich nicht mehr fühle, als hätte ich die Verbindung zu mir verloren, als ginge ich ständig mit Abstand zu mir selbst.

Marja drückt meine Hand. Sie hat ihre Stirn an meiner Schulter abgelegt. Dann fasst sie mir auf einmal ins Gesicht, streicht mir über die Wange. Rubbelt mit dem Daumen daran herum.

»Du glitzerst irgendwie.«

Sie rubbelt fester.

»Das geht nicht ab!«

Meine Wange wird heiß unter ihrem Finger.

»Sag mal, bist du ein Vampir?«

Jedes Mal, wenn ich Marja sehe, lüge ich. Selbst wenn ich nicht lüge, lüge ich, weil sich die wenigen Wahrheiten, die ich ihr erzähle, in ihrem Kopf zwischen und an den dort gespeicherten Lügen einordnen und so dazugehören, zusammenwachsen zu einem großen, ganzen Falschen, falsch im Großen und Ganzen.

»Warum schon wieder ich.« Cheta schmollt.

»Sei gefälligst froh, dass du mitgehen darfst, deine Arbeit machen, dein Geld verdienen.«

Ich erwarte, dass er etwas sagt, wie dass ich doch selbst gehen solle, wenn mich das so froh mache, aber Cheta sagt nichts, nicht Cheta.

»Du hast eben das Glück, dass du ein Gesicht hast wie so ein beschissen unschuldiges Kleinkind«, lege ich nach. »Und du weißt, dass Magare mit mir mehr auffällt als mit dir.« Ich sehe Magare nicht an. Wir sprechen nie über unsere Hautfarben. Fakt ist, dass Cheta, diese Weißwurst, unser Trumpf ist. »Willst du dich jetzt auch noch über dein Glück beschweren?«, herrsche ich ihn an.

»Hey, ist ja gut«, sagt Magare und stellt sich seitlich zu uns. »Reg dich ab.«

»Ist doch wahr!«, sage ich.

Magare schiebt Cheta sanft, aber mit Nachdruck vor sich her aus der Tür.

Meine Nase juckt. Ich rümpfe sie wie ein Karnickel, was nichts daran ändert. Dann kratze ich sie doch.

»Hey! Nicht bewegen!«, schimpft Marja.

»Kann ich schon sehen?«

»Erst wenn es fertig ist.«

Sie sitzt mit einem Zeichenblock auf dem Boden. Ich versuche, aus dem Augenwinkel darauf zu schielen. Ich sehe ein hohes, offenes Fenster. Eine Kugel darin, das ist der Mond. Eine Figur auf dem Fensterbrett.

»Zeichnest du mich jetzt als Vampir?«

»Du sollst doch nicht herschauen!«

»Ich will kein Vampir sein!«

»Als wäre alles, was durch ein offenes Fenster kommt, ein Vampir!«

»Du magst doch bloß diesen … diesen Edgar!«

»Edward. Schau gefälligst geradeaus, sonst wird das nichts hier!«

»Marja, kannst du bitte mit Nana rausgehen?« Georg steckt seinen Kopf durch die Tür. »Aber beeil dich, ich glaube, es wird bald regnen!«

Magare sitzt allein unter einem Baum, als ich zurückkomme.

»Hey«, sage ich und lasse mich neben ihn in den Schneidersitz sinken.

»Hey«, sagt er. »Wo warst du denn schon wieder?«

Ich gebe keine Antwort.

Er schnüffelt an mir.

»Alter, wieso stinkst du wie ein nasser Hund?«

Mit jedem Tag kommt mir die Insel kleiner vor. Ich starre hinauf in die Bäume. Mein Hemd spannt mir um die Schultern, und wenn ich die Arme unter den Kopf lege, sind meine Handgelenke nackt. Ich zupfe an den Ärmeln. Der Schritt meiner Hose rutscht mir ständig zu hoch. Ich zerre auch daran herum. Der Kragen schnürt mich ein, das Atmen fällt mir schwer.

Ich sitze auf Marjas Teppich. Meinen Rücken habe ich an ihr Bett gelehnt. Ich lese den Text, den sie mir gegeben hat, und bemühe mich, die Worte dabei nicht auszusprechen. Ich kann hören, wie sie am Kuli kaut, wenn sie nachdenkt.

»Was heißt das: hat Schmetterlinge im Bauch?«, frage ich.

»Wer?«, will Marja wissen.

»Was?«

»Wer hat Schmetterlinge im Bauch?«

»Hier steht: Marina sieht ihn an. Tomas hat Schmetterlinge im Bauch.«

»Ach so, ja, das kann schon passieren, wenn man nachts im Freien schläft, zum Beispiel, und dabei den Mund offen hat, also wenn man schnarcht vielleicht, dann nisten sich Raupen in dir ein und wenn du dann den Mund tagsüber zuhast, wenn die Raupen zu Schmetterlingen werden …«

»Das geht?«, frage ich entsetzt.

»Natürlich nicht, du Dummkopf!«, ruft Marja und schlägt mit ihrem Kopfpolster nach mir. »Dir kann man ja alles erzählen! Also echt!«

»Du verhinterst mich! Du verhinterst mich!«, schreie ich und hüpfe zu ihr aufs Bett, entreiße ihr das Kissen.

»Ich mache was?«, kreischt sie und krabbelt davon.

Ich hole aus und verfehle sie, und durch den Schwung falle ich auf sie und wir beide vom Bett.

»Deine Mutter hat gesagt, Arsch sagt man nicht.«

Da muss Marja lachen, dass sie sich verschluckt.

»Ich bin verliebt«, sagt sie, als sie aufhört zu husten.

»Was?«

»Ich habe Schmetterlinge im Bauch, das heißt: Ich bin verliebt«, erklärt sie.

»Alles klar bei euch beiden?«, hören wir Georg aus dem anderen Zimmer rufen.

»Ja, wir schauen bloß fern«, schreit Marja zurück und legt mir einen Finger auf die Lippen. Dann schaltet sie schnell den Fernseher ein.

Es ist bereits zu dunkel, um genau zu sehen. Ich fahre das Boot nach Gefühl gegen das Ufer. Es platscht, als ich in das an dieser Stelle zu tiefe Wasser steige. Ich ziehe das Boot an Land, hinter einen Busch.

»Endlich tauchst du auf, Mann!« Es ist Magares Stimme, die mir da eilig entgegenkommt. »Der Krakadzil ist schon längst da. Ich hab dich gedeckt!«

»Und, glaubst du, du hast jetzt einen Orden dafür verdient?«

Jetzt sehe ich ihn. Er spuckt aus.

»Alter, was geht mit dir, ein bisschen dankbar könntest du schon sein.«

Ich folge ihm schweigend bis zur Feuerstelle. Schon aus einiger Entfernung ist mir klar, dass es nichts ausmacht, dass ich zu spät komme. Die Gestalt des Krakadzil steht vor den Flammen und schwenkt eine Flasche. Kaum hat er mich erblickt, hängt er mir seinen Arm um den Hals, zieht mich zu sich heran. Haucht mir den Schnaps ins Gesicht. Ich winke Cheta, dass er unauffällig verschwinden soll.

»Du trinkst mit mir, nicht wahr?«

Der Krakadzil lässt sich auf einem der Baumstämme nieder und klopft neben sich auf das Holz. Er füllt klare Flüssigkeit in drei kleine Becherchen und ext sie hintereinander selbst. »Zum Wohl!«, verkündet er.

»Na, wie geht's uns denn so?«, will er dann wissen, nur um fortzufahren: »Als würde es mich interessieren. Ha!« Er trinkt noch einmal Becher für drei.

»Nichts für ungut«, schlägt mir der Krakadzil danach auf die Schulter. »Bist mein bestes Pferd im Stall. Mein kleiner Champion.«

Ich starre in die Flammen, bis mir die Augen austrocknen.

Wenig später erhebt er sich torkelnd.

»Moment, ich muss pissen.« Und das tut er, in einem hohen Strahl in das Lagerfeuer.

Kaum hat er seinen Schwanz wieder verstaut, fängt er an, ein Militärlied zu singen, und schwenkt erneut die Flasche: »Singt gefälligst mit!«

Wir können den Text nicht. Magare singt irgendetwas. Ich bleibe stumm.

Doch der Krakadzil bemerkt es und schlägt mir

gegen den Hinterkopf. Er legt dafür die Flasche nicht aus der Hand.

»Sing gefälligst! Wenn ich sage, dass du singen sollst!«

Irgendwann torkelt er zu seinem Boot.

Magare und ich bleiben sitzen, eine krakadzilbreite Leerstelle auf dem Baumstamm zwischen uns.

»Hast du dir schon einmal überlegt«, fängt Magare an, »wie viel Geld wir eigentlich verdienen würden? Wenn wir nicht für den Krakadzil arbeiten müssten?«

Ich zucke nur die Schultern. Magare rutscht näher.

»Wenn wir für uns selbst arbeiten könnten … wären wir fein raus.«

»Wir arbeiten für den Krakadzil«, sage ich, weil es so ist. Aber Magare will mir nicht zuhören.

»Noch besser wäre es, Mann, wenn wir viel Geld auf einmal kriegen würden, dann könnten wir von hier abhauen. Wir zwei gemeinsam. Und nie wieder so ein Kleinscheiß.«

Bei den letzten Worten legt er mir wie selbstverständlich seine Hand auf den Unterarm.

»Was wird dann aus meiner Großmutter?«

»Alter, wenn wir genug Geld haben, dann kannst du deine Oma in so ein Heim stecken, wo sie sie den ganzen Tag mit Happyzeug vollpumpen! Und ich könnte mit dem Geld endlich meinen Vater suchen.«

»Und Cheta?«

»Ah, den interessiert das nicht, der wartet doch nur darauf, dass er in den Schoß seiner Mami zurückkriechen kann. Überleg dir das. Ich weiß da was. Das bringt genug Geld. Auf einen Schlag. Eine sichere Sache, wenn wir das durchziehen, wir beide.«

Ich schüttle seine Hand von meinem Arm ab.

»Nein, lass mal«, sage ich. »So was ist nichts für mich.«

»Alter, langsam glaube ich, das alles hier ist dir egal.«

»Das hat doch überhaupt nichts miteinander zu tun!«

»Du scheißt doch auf uns!« Magare springt auf.

Ich laufe ihm nicht nach.

Am nächsten Morgen gehe ich mit Cheta in die Stadt.

»Mehr«, sage ich, als er sich den Feenstaub für mich in die Handfläche streut.

»Ich dachte, du wolltest damit aufhören?«

»Mehr«, sage ich nur noch einmal.

Der Boden wankt. Die Mauern biegen sich in den Himmel hoch. Ich wanke. Die Sonne spiegelt sich selbst. Ich sehe, wie sich Chetas Mund bewegt, aber ich höre nur Farben. Grelles Orange. Dumpfes Blau. Ich laufe ihm einfach nach. Meine Schuhe sinken in das Pflaster ein. Ich fasse meinen Kopf an, er ist aus Watte. Ich knete daran herum. Ich bin leicht, ich bin leicht, ich bin so, so … schwer. Mein eigenes Gewicht zwingt mich zu Boden. Ich sehe Cheta, wie er mir winkt, und ich winke zurück. Sein Mund formt ein großes O. Ich forme auch ein O und lache. Er kommt auf mich zu. Ich breite die Arme aus, plötzlich taucht sein Gesicht groß vor meinem auf und dann zerplatzt die Seifenblase rund um mich herum mit einem Knall.

Die zweite Ohrfeige, die er mir gibt, klingt so viel lauter.

»Alter, wo bist du eigentlich!«

»Was?«

Cheta stößt mich gegen die Wand.

»He!«

»Mit den Gedanken meine ich!«

Wieder stößt er mich, dass ich stolpere. Mir war gar nicht klar, dass er so viel Kraft hat.

»Was soll das?« Ich dränge ihn zurück: »Lass mich!«

»Du passt nicht auf! Hast du das gerade eigentlich überhaupt bemerkt?«

»Was?« Ich weiß ehrlich nicht, wovon er spricht.

»Ständig bist du weg! Und wenn du da bist, dann bist du auch nicht da. Dann bist du im Hirn drin weg, die ganze Zeit!« Er lässt von mir ab, reibt sich mit dem Ärmel über die Nase.

»Ach, da ist sie ja! Marja, schau, wer da ist!«, ruft Gwendoline aus.

Marja lässt ihre Schultasche zu Boden rutschen. »Warum hast du nicht vor der Schule auf mich gewartet?«

Ich hebe die Schultern und lasse sie wieder fallen. »Habe hier gewartet«, sage ich nur.

»Wir haben einen Kakao getrunken, wir zwei«, sagt Gwendoline und zwinkert mir zu. »Dein Vater hat ein Buch gefunden, das Pierre interessiert und ich finde es auch sehr interessant, etwas über unbekannte Inseln! Pierre hat mir alles erzählt.« Sie lacht. »Er hat wirklich ein unglaubliches Gedächtnis, was er sich alles gemerkt hat – bloß von einmal lesen! Magst du noch einen Kakao?« Die Frage am Ende geht wieder an mich.

Ich sage: »Danke, nein«, weil Gwendoline das auch macht, zuerst das Danke und dann das Nein, nicht umgekehrt, so nimmt man das Nein nämlich beinahe nicht mehr wahr, das läuft so irgendwie in das Danke hinein. Sie lächelt. Ich glaube, sie hat es bemerkt.

Der Krakadzil will uns einen Jungen entgegenschieben, vielleicht acht Jahre alt: »Für euch. Das ist Luc. Mit lieben Grüßen vom Käpt'n.« Zuerst sieht es aus, als wollte der Junge sich am Krakadzil festhalten, aber als er zu ihm aufblickt und sich erinnert, dass der Krakadzil der Krakadzil ist, lässt er los.

»Wo ist mein Bruder?«, fragt er, während er, noch halb dem Krakadzil zugewandt, uns schon einen Schritt entgegenkommt.

»Das sind jetzt deine Brüder.«

Der Krakadzil nickt mir zu. »Du bringst ihm alles bei, klar?«

Auch ich nicke.

»In vier Tagen komme ich wieder. Füttern nicht vergessen«, lacht der Krakadzil.

»Bleiben Sie … bleiben Sie denn nicht hier?«, platzt es aus Luc heraus.

Der Krakadzil sieht überrascht aus.

»Passen Sie denn nicht auf uns auf?« Der Kleine meint die Frage ernst. Der Krakadzil lacht auf, wie ich ihn noch nie habe lachen hören.

»Als hätte ich sonst nichts zu tun! Der da kennt die Regeln.« Während er das sagt, zeigt der Krakadzil auf mich. »Ihr passt gegenseitig aufeinander auf. Weil wenn es so weit kommt, dass ich aufpassen muss … Dann wird es ungemütlich!«

»Wie heisst du?«

»Luc.«

»Nein, ich meine wirklich.«

»Luca.«

»Ach ja. Okay, Luca, das hier ist deine Matratze.« Ich deute auf einen Haufen in der Ecke. »Wir essen gleich.«

»Weißt du, wo mein Bruder ist?«, will Luca von mir wissen.

»Luca, das ist Epo, Epo das ist Luca«, stelle ich Luca am nächsten Tag unsere Vogelscheuche vor. Dann hänge ich ihr den Mantel mit den Schellen daran um.

»Epo hier«, sage ich und klopfe dabei der Vogelscheuche auf die Strohbrust, »hat eine ganze Menge Süßigkeiten in seinen Taschen. Jede, die du herausziehen kannst, ohne dass es klingelt, gehört dir.«

Lucas Augen werden groß. Schnell krempelt er einen Ärmel hoch.

Ich mache eine einladende Handbewegung und trete zur Seite, verschränke die Arme und warte.

Es klingelt.

»Das geht nicht«, mault Luca.

Ich trete zur Vogelscheuche hin und ziehe ihr einen Kaugummi aus der Tasche. »Sicher geht das.« Mit diesen Worten stecke ich ihn wieder hinein. »Versuch es noch einmal.«

Es klingelt.

Luca stampft mit dem Fuß auf.

»WENN DU JEMANDEM etwas beibringen möchtest, kommt es nicht so sehr darauf an, dass du es willst, sondern dass er es will«, hat der Krakadzil mir erklärt. »Es gibt verschiedene Methoden, wie man Leute dazu bringt, etwas lernen zu wollen. Erstens: Du musst ihnen klarmachen, dass sie es noch nicht können. Jeder Scheißer denkt, er könne schon alles. Darum ist er arrogant. Du musst ihn zuerst zusammenfalten.« Der Krakadzil grinste. »Und wenn er dann ganz klein ist, wird er sich sehr gerne von dir wieder groß machen lassen.«

Ich spürte, wie die Hand auf meiner Schulter plötzlich fester zupackte.

»Und jetzt schwimm«, hatte der Krakadzil noch gesagt, bevor er mich in den Fluss stieß. »Kann ja nicht Nichtschwimmer Boot fahren lassen. Das wäre verantwortungslos.«

Cheta und Magare kommen erst wieder nach Hause, als der Tag schon ausbleicht. Luca sieht zu, wie wir die Schatzkiste aus ihrer Nische hinter dem Vorhang hervorholen, wie ich den Schlüssel, der an einem Band um meinen Hals baumelt, aus meinem T-Shirt ziehe, wie wir die Truhe öffnen und die beiden alles aus ihren Taschen hineinfallen lassen.

»Das alles braucht der Krakadzil?«, fragt er.

Wir lachen.

Später winkt Magare Luca zu sich. »Da, halt mal die Hände so auf.« Magare formt eine Schale vor Lucas Gesicht. Luca macht es nach. Er ist so klein, dass Magare sich hinknien muss.

Magare tippt ein paarmal auf das Säckchen, schüttet Luca so ein bisschen Feenstaub in die hohle Hand.

»Und jetzt – jetzt pustest du ganz vorsichtig hinein, wenn ich es dir sage, okay? Aber spuck nicht rein! Und verlier nichts davon.«

Luca nickt.

»Eins, zwei, –« Magare gibt Luca ein Handzeichen. Der bläst den Staub in die Luft. Magare atmet ein, lässt sich in sich zusammensacken.

Luca betrachtet seine glitzernden Finger.

»Was ist das?«

»Feenstaub.«

»Von einer echten Fee?«

Wieder lachen wir.

NACHTS WACHE ICH auf und höre jemanden weinen. Ich strecke meine Hand nach dem Weinen aus, ertaste einen bebenden Rücken. Lasse die Hand dort liegen, warm und schwer vom Schlaf.

Luca tritt der Vogelscheuche gegen ihr einzelnes Holzschienbein.

»He!«, rufe ich.

»Ich will das nicht mehr machen. Das ist blöd.«

»Soll ich es dir noch einmal zeigen? Also, du musst …«

»Nein!« Er lässt sich auf den Boden fallen und dreht das Gesicht zur Erde.

»Willst du die Süßigkeiten nicht haben?«

»Nein!«

Etwas ratlos stehe ich über ihm. Magare hätte ihm in die Rippen getreten. Nicht fest, aber. Und der Krakadzil …

»Komm, versuch es noch einmal. Eine leichte, ja?«

»Nein!«

»Steh auf, oder ich geb dir eine!« Das habe ich geschrien.

Luca dreht den Kopf zur Seite und sieht mich an. In seinen Augen sind Tränen.

»Ich meine … Ich mein, ich hab's nicht so gemeint. Komm jetzt, steh auf.« Ich halte ihm meine

Hand hin. Denke, dass ich ihn gleich im Nacken am T-Shirt packen und hochziehen muss. Da rappelt er sich auf. Wischt sich mit den schmutzigen Händen die Tränen über das ebenfalls schmutzige Gesicht.

»Machen wir etwas anderes«, sage ich. »Hol Wasser. Du kannst den Kessel schrubben, der über der Feuerstelle hängt.«

»Warum?«

»Weil …« Mir fallen nur dumme Erwachsenenantworten ein. Also scheuche ich ihn bloß mit den Händen fort.

Er trottet gehorsam davon. Ich gehe ihm nach, beobachte, wie er mit der Aufhängung des Kessels kämpft, dann hole ich mir mein Buch.

Kaum habe ich mich in seiner Nähe hingesetzt und das Buch aufgeschlagen, höre ich ihn fragen: »Liest du mir etwas vor?« Seine Stimme klingt wie aus einer Höhle, weil er beim Schrubben in den Kessel spricht. Ich seufze. Suche die Stelle. Beginne vorzulesen: »Die Fahrt gefällt mir nicht, die Mannschaft gefällt mir nicht und der Steuermann gefällt mir auch nicht …«

Was mache ich hier, denke ich mir.

Als am nächsten Morgen wieder Cheta und Magare in die Stadt aufbrechen, will Luca wissen, ob wir nicht auch in die Stadt gehen können.

»Nein«, sage ich. »Du nicht.«

Ich drücke ihm eine Schaufel in die Hand und befehle ihm, eine Grube auszuheben: »Das ist deine Aufgabe für heute.«

»Was lerne ich dabei?«

»Keine dummen Fragen zu stellen.«

»Wo gehst du hin?«

»Siehst du, genau das meine ich.« Ich lasse ihn dort stehen.

»Aber … Was soll ich tun, wenn ich fertig bin?«, schreit er mir nach.

»Was sollt ihr tun?«, fragte der Krakadzil früher jedes Mal, bevor er uns verließ.

»Niemals erwachsen werden!«, krähten dann die Jüngeren.

»Genau.« Danach klopfte der Krakadzil einem von ihnen auf den Kopf. Der Krakadzil klopfte gerne einem Kleinen auf den Kopf, das war kein Streicheln, das war, als würde er Teig tätscheln, um zu sehen, wie die Konsistenz ist.

Und dann murmelte er jedes Mal zu sich selbst etwas davon, dass das Erwachsenwerden ohnehin eine barbarische Angelegenheit sei, so voller Unannehmlichkeiten.

MARJA IST NOCH nicht hier. Der Baum hat lange schon alle seine geflügelten Samenkörner fallen lassen und das Gebäude hat vor einiger Zeit einen Schwall Schülerinnen ausgespuckt, aber sie ist nicht dabei gewesen. Ich spanne die Wadenmuskeln an. Lasse wieder locker. Spanne an. Lasse locker.

Endlich taucht sie auf. Ich möchte mich darüber freuen, aber es ist, als wäre das Warten wie eine Glaswand, zwischen mich und diese Freude gestellt, sodass ich das Gefühl nur sehen, aber nicht erreichen kann.

»Pierre, da bist du ja!«, winkt sie mir. »Wo warst du gestern?«, fragt sie, als sie dann vor mir steht.

»Konnte nicht«, sage ich. Und: »Du bist spät.«

»Du bist zu spät.«

»Ich bin nicht spät.«

»Nein, es heißt: Du bist zu spät. Oder: Du kommst zu spät. Meine Eltern sind heute nicht zu Hause, ich habe in der Schule gegessen.«

»Gwendoline ist nicht da?«

»Nein, sie muss ein paar Familien besuchen.«

»Dein Vater?«

»Auf einer Tagung oder einem Seminar oder was auch immer. Hey, wir könnten doch heute einmal zu dir nach Hause gehen?«

»Nein«, sage ich ein wenig zu schnell.

»Warum nicht?«

Ich hebe nur die Schultern.

»Darfst du keine Freundin haben?«

»Nein«, sage ich wieder und wir wissen beide nicht, was das jetzt bedeutet.

»Warum machen wir eigentlich nie etwas mit deinen Freunden?«, fragt sie mich. »Du bist ständig bei mir zu Hause, aber ich kenn gar niemanden von dir.«

Wieder zucke ich nur mit den Schultern. Stelle mir vor: Marja, wie sie einen Fuß auf unser Ufer setzt. Wie sie Cheta die Hand reicht und wie der bloß verlegen grinst. Wie Magare dasteht, als würde er sich jeden Moment in seine Hose pinkeln, ein wenig verkniffen. Luca mit den weit aufgerissenen Augen. Meine Freunde sind nicht das Problem.

»Also, warum nicht?«, wiederholt Marja.

Da kommt mir eine Idee.

Marja sitzt sehr aufrecht mir gegenüber auf der zweiten Bank im Boot. Darunter liegt ihr Rucksack. Sie trägt Sandalen mit dünnen Riemen, die ein Flechtmuster auf ihre Füße zeichnen. Ihre nackten Beine verschwinden genau an den Knien im dunkelblauen Faltenrock.

Sie klammert sich mit beiden Händen links und rechts am Rand des Bootes fest:

»Ist das sicher?«

»Sicher.«

»Und was passiert, wenn wir abgetrieben werden?«

»Passiert nicht.«

»Wohin fahren wir?«

»Zu einer Freundin.«

Marja streicht sich das Haar aus dem Gesicht, obwohl gerade alles fest in ihrem Haargummi gefangen ist und es nichts zu streichen gibt.

»Freundin.« Nun ist einmal sie diejenige, die wiederholt, was ich sage.

Ich rudere. Mein Hemd habe ich ausgezogen, damit es keine Schweißflecken bekommt. Ich erwische Marja, wie sie mich anstarrt, während ich pumpe, die Ruder vor- und zurückwerfe, ins Wasser schlage. Als sie bemerkt, dass ich weiß, wie sie mich ansieht, wird sie rot.

»Pass auf«, sage ich, als ich glaube, eine gute Stelle erreicht zu haben.

»Worauf?«

»Da wohnt Mädchen drin.«

»Wo?«

»Im Wasser.«

»Was meinst du mit Mädchen?«

»Ein Mädchen«, verbessere ich mich.

»Du willst mir erklären, im Fluss lebt ein Mädchen.«

»Halb Fisch«, füge ich hinzu.

»Du glaubst, in unserem Fluss gibt es eine Nixe?«

»Ihr Name ist Sirina.«

»Eine Sirene? Das sind doch nur Geschichten!«

»Pass auf«, wiederhole ich und ziehe das Stoffbündel aus meiner Tasche, in dem das Muschelhorn eingewickelt liegt.

Ich blase in das Horn. Höre selbst seinen Klang zum ersten Mal. Es klingt tiefer als erwartet. Der Ton verebbt. Nichts passiert. Marja sieht mich fragend an.

Ich halte Ausschau. Nichts kräuselt die kleinen Wellen. Wieder blase ich in das Horn. Lasse meinen Blick über das Wasser gleiten. Marja zieht die Augenbrauen hoch.

»Ich sage doch, dass es hier keine Meerjungfrauen gibt.«

»Nicht Meer!«, sage ich.

»Sirenen, Nixen, was auch immer.«

»Ich hab sie gesehen!« Ich will, dass Marja mir glaubt.

»Schon gut«, sagt sie. »Fahren wir nach Hause. Der Wind geht, mir wird kalt.«

Ich blinzle in die Sonne, die sich im Wasser spiegelt. Das Boot schaukelt. Nichts sonst bewegt sich.

Marja dreht sich auf ihrer Sitzbank um, ihr Gesicht zeigt nun Richtung Ufer. Ich starre auf ihren Hinterkopf. Lege das Muschelhorn weg, ergreife wieder die Paddel.

»Es ist wahr!«, sage ich noch einmal.

»Ich glaube nicht an Meerjungfrauen, Pierre.«

Obwohl ich die Paddel noch nicht einmal in den Fluss gesteckt habe, klatscht da ein großer

Schwall Wasser auf Marja. Für einen Augenblick sitzt sie einfach nur still. Dann schreit sie los.

»Spinnst du? Ich hab doch gerade gesagt, mir ist kalt! Was soll der Scheiß!«

»Das war ich nicht«, stammle ich.

»Wer soll es denn sonst gewesen sein?«

»Ich …«

»Du könntest dich wenigstens entschuldigen!«

»Entschuldigung«, sage ich, »keine Absicht.«

Auf der Heimfahrt schweigen wir uns an. Zwischen Marjas Füßen liegt ihr Rucksack. Sie trägt knöchelhohe Stiefel, eine dunkelblaue Hose aus festem Wollstoff und einen Mantel. Ich weiß nicht, wann Winter geworden ist. Irgendwann zwischen eben noch nicht und jetzt aber schon. Als das Boot anlegt, sagt sie, ich müsse sie nicht nach Hause begleiten.

Ich hocke auf dem Brückengeländer und halte mich am Flügel eines der steinernen Engel fest. Von hier aus kann man die Insel erahnen, wenn man weiß, was man nicht sieht. Der Fluss hat die Farbe von Senkblei.

Ich sehe hinab auf die Stelle, an der sich das Wasser an den Brückenpfeilern bricht, das aufschäumend trübe Grau.

»Sei vorsichtig, Junge, sonst fällst du noch hinein«, sagt hinter mir einer, der gerade vorübergeht.

Ein schöner Gedanke.

Vor dem Eingang zum Baumhaus hängt nun ein Perserteppich mit verklebten Fransen. Als ich ihn anhebe und in das Innere schlüpfe, steigt ein Wölkchen kalter Staub auf.

Ich reibe mir die Hände und ziehe meine Jacke nicht aus. Magare sitzt mit auf die Knie gestützten Ellenbogen da. Cheta spielt mit Luca Karten.

»Das Boot war fort.« Magare sieht mich sehr genau an, als er das sagt.

»Ja. Musste wohin.«

Cheta steht auf: »Wir haben nichts mehr zu essen!«

Ich bin selten hungrig. Ich esse bei Marja.

»Sorry«, sage ich.

»Ich finde, es wird Zeit, dass er uns sagt, was los ist, findest du nicht, Cheta?« Als Cheta Magare auf seine ohnehin nicht als Frage gemeinte Frage nicht antwortet, fragt er mich: »Was treibst du eigentlich die ganze Zeit? Ständig bist du weg! Du vögelst doch nicht wirklich diese ... diese eingeschrumpelte Alte! Lässt die dich etwa ernsthaft ran?« Magare wiehert. Die Idee scheint ihm zu gefallen.

Gerne hätte ich ihn angesprungen und ihn mit meiner Stirn auf die Nase geschlagen, dass es nur so kracht.

»Ach, fick dich«, sage ich stattdessen nur.

»Reitet sie auf dir mit fliegenden Titten, hä?« Magare macht kleine Auf-und-ab-Bewegungen mit den Händen vor seinem Oberkörper. »Da musst du aufpassen, dass sie dir die Hängedinger nicht um die Ohren klatscht!«

»Du bist so ein Arschloch«, sage ich.

»Entschuldige, hab ich etwa deine Freundin beleidigt?«

Ich stoße ihn zu Boden.

»Schau, Cheta, wie er rot wird im Gesicht, der Liebhaber alter Damen!«

»Steh auf, damit ich dir eins in die Fresse geben kann, diesmal so richtig, das hast du schon lange verdient. Steh auf, damit ich dich nicht schlagen muss, während du am Boden liegst!« Den letzten Satz habe ich geschrien.

»Du … du … du …«

Magare steht tatsächlich auf.

»Na, was bin ich?« Und immer noch hat er dieses Lachen im Gesicht.

»Ein dreckiger kleiner Wichser mit einer dreckigen kleinen Wichsfresse bist du«, sage ich zu ihm, und die Worte kommen ganz leicht über meine Lippen, sie kommen von ganz tief innen, es sind alte Worte, Worte aus einem früheren Leben.

Ich ziehe mir das Basecap tiefer ins Gesicht. Für einen Augenblick hätte ich gerne geschrien, bloß um zu hören, wie mein Schrei verschluckt wird von all dem Weiß. Als ich den Blick in den Himmel hebe, bleiben Schneeflocken auf meinen Wimpern liegen. Noch niemals zuvor hat es auf der Insel geschneit. Der Horizont ist verwaschen wie alte Bettbezüge. Ich gehe ein paar Schritte. Nichts macht ein Geräusch. Die Flocken kommen in kleinen, nassen Klumpen. Ich strecke meine Zunge raus und schmecke das Nichts.

Unter dem Busch liegt kein Schnee und obwohl es friert, ist die Erde dort locker. Ich grabe mein Kästchen aus. Öffne mit klammen Fingern den Verschluss. Erdkrümel bleiben auf dem Display meines Handys kleben, als ich tippe. »Kann nicht kommen«, schreibe ich an Marja, »die nächste Tage«. Dann schicke ich ab. Ich weiß gar nicht, ob sie das überhaupt interessiert, so wie das heute gelaufen ist. Ich wische das Handy an meiner Jacke ab, bevor ich es wieder zurücklege. Während ich die Erde über dem Kästchen festklopfe, ist mir, als hörte ich Schritte im Schnee.

Genau vor unserem Eingang sehe ich mich noch einmal um. Da sind nur meine Spuren. Wenn mich jemand beobachtet hat, dann muss er geflogen sein. Ich sauge meine kalten Lippen ein.

Da landet über mir der Papagei auf einem Ast. Trippelt dort hin und her, als hätte auch er kalte Füße. Neigt den Kopf und sieht mich an. Erwartungsvoll. Ich hebe den Teppich. Bleibe im Türrahmen stehen.

»Komm rein«, sage ich zum ihm und deute mit meinem Kinn Richtung drinnen.

»Krieh?«, fragt er mich.

»Jetzt komm endlich ins Warme.«

Noch einmal trippelt der Vogel, als wollte er im Stehen Anlauf nehmen.

LUCA, CHETA UND ich liegen im Kreis um den Ofen, in dem nun ein Feuer brennt. Cheta spielt mit seinem Päckchen Feenstaub.

»Was wäre, wenn Clopot sich in so eine kleine Fee verwandeln könnte? So ein leuchtendes Ding?«

»Du liest zu viele Bücher.«

Auf einmal kommt Magare herein. Er sieht aus, als wäre er länger in der Kälte gewesen. Ich ziehe meine Decke fester um mich, rücke näher an Luca heran.

»Hey, hast du noch ein bisschen Feenstaub, Mann?«, fragt Magare Cheta.

»Brauch ich selbst.«

»Nur ein bisschen!«

»Brauch ich selbst, sag ich dir doch.«

»Alter, das ist echt scheiße von dir!«

»Ich geb dir so oft etwas ab! Frag mal Petru, frag einfach mal ihn.«

»Drauf geschissen«, sagt Magare und ich höre, wie wieder der Teppich flappt.

»Glaubst du … glaubst du, man muss einfach nur mehr davon nehmen?«, fragt Cheta mich einige Zeit später. Luca ist vor dem Feuer eingeschlafen.

»Wozu?«

»Um fliegen zu können. Ich mein, manchmal, da hab ich schon fast das Gefühl, meine Füße berühren den Boden nicht mehr. Als wäre ich ganz leicht, kurz vor dem Abheben.«

»Clopot sagt …«, werfe ich ein.

»Ich weiß, was Clopot sagt. Aber der will ja auch nicht, dass ihm seine Kunden abhandenkommen. Einfach davonfliegen. Oder nicht?«

Mir kommt vor, als wüsste ich, dass man das Fliegen bereits in dem Moment verlernt hat, in dem man zum ersten Mal darüber nachdenkt, ob man es überhaupt kann.

»KRIEH! KRIEH! KRIEHKERIEHKRIEH!«

»Was zum …?« Der Schlaf fällt mir als Sand aus den Augen.

»Petru, was soll der Scheiß!«

»Was hab ich damit zu tun?«

»Dein beschissener Papagei!«

»Papagei?«

»Ja, dein dämliches Federvieh! Der denkt, er ist ein Hahn!«

Ich sehe mich um. Der Vogel thront tatsächlich und ganz echt auf einem Häufchen ungewaschener Kleidung. Bisher war ich mir gar nicht sicher, ob ihn sonst noch jemand sehen kann.

»Krieh! Kriehhihikeriki!

»Fresse!«

Magare holt aus, um mit seinem Schuh nach dem Vogel zu schlagen.

»Lass das, Mann!«, gehe ich dazwischen.

»Aber das dämliche Ding!«

»Wenn du dem Vogel auch nur eine Feder knickst, dann …«

»Was dann, hä?«

»Dann werd ich dir auch deine Schwanzfedern rupfen!«

Da muss Magare lachen. Er fällt vor Lachen nach hinten um und hält sich seinen Schuh vor den Bauch. Auch ich muss mich anstrengen, weiter ein böses Gesicht zu machen.

»Klappe, Vogel«, befehle ich dem Papagei.

»Kriiiiieeehhh!«

»Halt's Maul, echt jetzt«, beschwör ich ihn. Da schaut er mich beleidigt an und fliegt zum Fenster. Dort tut er so, als müsste er sich dringend putzen.

»Vielleicht können wir ihn in so 'ne Uhr setzen«, gähnt Cheta.

»In eine Uhr, hast du sie noch alle?«

»Ja, du weißt schon, so ein geschnitztes Ding, wo der drinnen sitzt und jede Stunde so rausgeschoben wird, und wo er dann die Uhrzeit ansagen kann.« Magare, der noch immer nicht aufgehört hat zu lachen, brüllt wieder los.

»Niemand steckt meinen Papagei in eine verfickte Uhr, ist das klar?«, rufe ich.

»Verfickt!«, krächzt der Papagei und dann kichert er.

Ich schwöre.

»Willst heute nicht mal du in die Stadt? Ich kann doch mit Luca trainieren.«

Es kommt mir seltsam vor, dass Magare mir auf einmal so etwas anbietet.

»Nein, wieso?«

»Dachte, du hättest vielleicht etwas zu erledigen.« Er dreht einen Stein zwischen seinen Fingern, wirft ihn Richtung Fluss, wirft zu kurz. Der Stein kollert zwischen die anderen am Ufer und schon weiß man nicht mehr, welcher sich eben noch bewegt hat, hat bereits vergessen, dass Steine überhaupt jemals nicht still liegen.

Luca ist der schlechteste Taschendieb, den ich jemals gesehen habe. Und ständig suchen seine Augen die meinen, die Bestätigung darin. Schaust du zu? Ja? Er erinnert mich an einen Welpen. Ich knete meine steifen Hände.

»Streng dich bitte endlich an! Die bewegt sich ja noch nicht einmal!« Ich habe bitte gesagt. Er scharrt mit den Füßen im Schnee. Die Kuppen unserer Schuhe sind dunkel vor Nässe.

»Es ist zu schwierig.«

»Bald kommt der Krakadzil, und wenn du das dann nicht kannst …«

»Aber es ist unmöglich!«

»Unmöglich, einen Scheiß.«

Ich gehe zur Vogelscheuche hin und ziehe ihr alles aus den Taschen, was sie hat, werfe den ganzen Kram vor Luca hin.

»Da.«

Er traut sich nicht, es aufzuheben. Auch ich bücke mich nicht. So sehen wir beide zu, wie das bunte Papier der Verpackungen langsam den Schnee färbt.

»Komm schnell mit.« Magare sieht sich um wie verfolgt und zieht mich eilig durch den Perserteppich in die Wärme hinein.

»Alter, was …?«

»Ich muss dir was zeigen.« Noch einmal lugt Magare nach draußen, um sich zu vergewissern, dass die anderen beschäftigt sind.

»Ich hab uns ein Geschenk besorgt, ein Geschenk für uns zwei!«

»Wovon redest du überhaupt?«

»Ich weiß doch, dass du auch nicht hierbleiben willst.«

»Fängst du schon wieder damit an …«

»Ich mein's ernst! Schau mal!« Magare hebt sein T-Shirt hoch und greift nach hinten an seinen Hosenbund. Auf einmal hat er eine Waffe in der Hand.

»Bist du jetzt völlig durchgeknallt?«

»Damit drehen wir ein dickes Ding!«, schreit er im Flüsterton. Magare hält die Pistole quer. Ich habe schon Leute Pistolen halten gesehen. So hält man sie nicht.

»Aha, und dann?«, frage ich.

»Dann sind wir frei!«

Ich lache bitter auf: »Nein, dann sind wir darin gefangen bis an unser Lebensende!«

Magare zielt auf ein Bild an der Wand, kneift dabei die Augen zusammen.

»Hörst du mir überhaupt zu!«, fahre ich ihn an.

Magare tut, als drückte er ab, und macht ein verhaltenes Schussgeräusch.

»Spinnst du jetzt komplett, oder was? Das ist sicher die dümmste Idee, die du jemals hattest! Die dümmste! Wo hast du die überhaupt her?«

Auf einmal kommt Cheta dazu und fragt, was denn los sei. Magare lässt den Arm mit der Pistole sinken. Hastig mache ich einen Schritt zu ihm hin, greife mir ein herumliegendes T-Shirt, nehme Magare die Waffe weg, ohne dass er sich wehrt, wickle sie ein und schiebe das Bündel in eine Schublade.

»Nichts«, sage ich. »Essen?«

Ich dränge Magare Richtung Tür und gehe mit ihm an Cheta vorbei. Als Cheta mir nicht gleich folgt, drehe ich mich um und sehe, wie er bei der Kommode steht. »Kommst du?«, frage ich. Er sieht die Schublade an.

Noch nie zuvor ist der Fluss überfroren. Die Wale bleiben aus. Ich mache einen Schritt auf das Eis und noch einen. Ein feines Knirschen. Ein kaum sichtbarer Riss.

Die Bäume sind aus Kristall. Am Himmel hängen drei erstarrte Sonnen, eine große und zwei kleinere, Abglanz aus weißem Licht.

Noch ein Schritt. In meinen Ohren ein hohes Sirren.

Noch einer.

Weiter draußen schieben sich Eisplatten ineinander. Gebirge steigen auf. Noch ein Schritt. Es kracht. Meine Knie werden weich. Langsam sinke ich zu Boden. Strecke die Arme und die Beine aus. Liege auf dem Eis wie ein Wasserläufer im Sommer auf den Wellen. Sehe den Spalt, der sich öffnen will. Den kann ich nicht zusammenhalten.

»Bist du krank?«

Ich sehe auf. Cheta blickt Luca fragend an. Auch ich schaue nun Luca ins Gesicht. Das hängt schmal und spitz über seinem Frühstück. Er reibt sich mit dem Handballen über die Augen. Sagt nichts.

»Schlecht geschlafen?«, frage ich ihn.

Lucas Nase sinkt tiefer Richtung Teller.

»Ich will wissen, wo mein Bruder ist«, flüstert er. »Ich will nach Hause.«

»Klopf, klopf«, sagt der Krakadzil ohne anzuklopfen. Er wirkt gut gelaunt, wie er da so durch den Türrahmen tritt. Ein paar Schneeflocken schmelzen auf seiner Glatze.

»Wir sind schon fertig«, sage ich und deute Luca, aufzustehen. Der sieht zu mir hoch. Ich lächle, nicke ihm zu.

»Wo sind die anderen beiden?«, will der Krakadzil wissen.

»Schon los.«

Der Krakadzil nickt zufrieden.

»Mach dich fertig«, sage ich zu Luca. Der antwortet mir nicht.

Ich stehe immer noch neben dem Tisch. Der Krakadzil hat seine Hände in die Hosentaschen gesteckt. Ich tue es ihm gleich. Als wären wir am Markt und würden warten, dass jemand uns gleich eine Milchziege vorführt.

»Gibt es etwas Neues von meiner Großmutter?«, frage ich, als erkundigte ich mich jetzt nebenbei nach dem Zustand der Felder.

»Unverändert«, sagt der Krakadzil.

Ein seltsames Wort, denke ich mir, als Luca zurückkommt, mit feuchten Haaren und Händen. Als hätte der Krakadzil es aus einer dieser Fernsehshows mit den Ärzten abgeschaut.

Der Krakadzil klatscht in die Hände und meint zu Luca: »Also, dann zeig mal, was du kannst.« Und zu mir: »Wo ist der Mantel?«

Die Schellen klingen.

»Versuch's noch mal«, sagt der Krakadzil und er sagt es freundlich.

Wieder dreht er um und spaziert herum, den Mantel am Aufschlag gepackt, den Blick schweifen lassend und die Lippen geschürzt, als fragte er die ganze Welt: Was geht? Wäre das hier anders, könnte ich lachen.

Da stolpert ihm Luca in den Weg.

Es klingelt.

»Linke Seitentasche«, sagt der Krakadzil. Luca lässt die Schultern hängen. »Noch mal«, sage ich schnell und der Krakadzil blickt mich erstaunt an.

»Noch mal«, sagt auch er.

Diesmal stößt Luca von hinten gegen ihn, der Krakadzil dreht sich um und gibt ihm eine schallende Ohrfeige. Plötzlich ist alles still, auch die Glöckchen.

»Das habe ich gespürt«, sagt der Krakadzil ruhig. »Noch mal.«

Ich schließe die Augen.

Bevor der Krakadzil geht, drückt er mir einen dicken Umschlag in die Hand, der für Cheta gekommen ist. Als ich danach greife, lässt er nicht los und zieht mich daran zu sich. »Glaub ja nicht, dass dich das nichts anginge«, sagt er mir ruhig in mein rechtes Ohr. »Das«, das ist die Sache mit Luca.

Ich stecke den Briefumschlag unter meine Matratze. Die Decke auf Lucas Bett zittert und atmet unregelmäßig. Ich weiß, dass unter der Decke jemand weint. Aber ich weiß nicht, was ich zur Decke sagen soll. Als ich einen Schritt auf sie zu mache, erstarrt sie, als hielte sie den Atem an.

Also schleiche ich hinaus.

Alle meine Schätze glänzen silbern.

Ich öffne das Metallkistchen und kralle meine Finger in die Münzen. Darunter kommen die Scheine zum Vorschein, dickes Papier mit reflektierenden Randstreifen.

Das ist mein Leben, oder zumindest das größte Stück davon.

Ich muss die Münzen nicht stapeln, die Scheine nicht abzählen, ich weiß genau, wie viel es ist. Beinahe genug für mich.

»Du schuldest mir was«, hat der Krakadzil schon oft genug gesagt.

Und ich wusste immer ganz genau von der Höhe dieser Schuld.

Niemand sitzt in der Bucht. Die Bank ist leer. Ich hauche gegen meine Finger. Die Knöchel sind dick und rot. Ich weiß nicht, wohin Lilian im Winter geht.

»In den Süden, Burschi, in den Süden«, hat sie einmal gesagt, als ich sie gefragt habe: »Mit den Vögeln zieht's mich mit.«

Am Rand des Ufers ist eine Eiskruste, dort schlägt das Wasser von unten daran.

Das Handy macht kein Geräusch, weil ich ihm gesagt habe, es soll keine Geräusche machen. Marjas Name leuchtet auf dem Display auf. Hell, dunkel, hell, dunkel. Marjas Name, den Marja mir beigebracht hat zu lesen. Das Telefon vibriert in meiner Hand. Ich überlege, es in den Fluss zu werfen. Mit einem Mal ist da in mir eine große Müdigkeit.

Wieder blinkt auf dem Handydisplay Marjas Name auf. Sie muss neu gewählt haben, gleich nachdem sie aufgelegt hat. Das Telefon in meiner Hand wird mit jeder Sekunde schwerer. Sehr langsam schiebe ich meinen Finger über das grüne Symbol, noch langsamer hebe ich das Handy an mein Ohr.

»Pierre?«

»Ja?«

»Geht es dir gut?«

»Hm.«

»Wir haben uns schon Sorgen um dich gemacht, also meine Eltern und ich. Weil du schon so lange nicht mehr gekommen bist.«

»Hm.«

»Pierre?«

»Hm?«

»Bist du böse auf mich?«

Ich denke mir, dass ich mich dasselbe von ihr gefragt habe.

»Pierre?«

»Nein«, antworte ich und das ist eine gute Antwort, weil sie wahr ist.

»Gut«, meint auch sie. »Kommst du bald mal wieder?«

»Sicher«, sage ich.

»Was willst du schon viel machen, Mann«, hat Magare irgendwann einmal zu mir gesagt, und ich weiß gar nicht mehr, worum es dabei ging. Damals war das keine Frage, weil man eine Frage nur stellt, wenn es mehrere Möglichkeiten zur Antwort gibt.

Als ich abends neben den anderen meine Decke zurechtziehe und sie an der einen Seite unter der Matratze feststopfe, berühren meine Finger Papier. Der Briefumschlag, den mir der Krakadzil gegeben hat.

»Da, der ist für dich.« Ich muss gähnen und halte Cheta den Brief hin, ohne ihn anzusehen.

Ich träume. Marja beugt sich über mich, auf ihrer Schulter der Papagei. Sie küsst mich auf die Stirn.

Ich schrecke hoch. Meine Augen gewöhnen sich an die Dunkelheit. Chetas Matratze ist leer. Während ich aufstehe, raffe ich meine Decke zusammen, werfe sie mir um die Schultern. So gehe ich hinaus. Im Baum bewegt sich ein Schatten, schiebt sich höher, hin zu den dünneren Zweigen. Ich lege den Kopf in den Nacken.

»Cheta?«, rufe ich.

Keine Antwort. Ein Bogen Papier weht von oben herab. Ich bücke mich danach. Es ist die Seite eines Briefes, an der ein Foto hängt.

»Cheta!«, schreie ich wieder.

Ich betrachte das Foto im Mondlicht: eine dick geschminkte Frau, die von unten in die Kamera lächelt, auf ihrem Schoß ein feistes Baby. Das Wangenfett schiebt dem Kind die Augen zu.

»Sie hat einen neuen Sohn«, schreit Cheta aus dem Baum herunter. »Sie hat mich ersetzt! Die Fotze.«

Ich habe das Gefühl, dass man so ein Wort über seine eigene Mutter nicht sagen sollte, aber was weiß ich schon, ich habe nie eine gehabt.

»Sie schreibt, sie ist froh, dass es mir hier gut geht!« Cheta lacht und es klingt irre. »Hier gut geht! Was'n Scheiß!«

Ich will etwas tun, irgendwas, ihm die Hand drücken vielleicht, was dann mehr wie ein Händeschütteln geworden wäre, und das kann man ja doch nicht bringen, da sagt dir einer, seine Mutter hätte ihn ersetzt und du schüttelst ihm die Hand wie: Gratuliere! Aber er ist weit oben im Baum.

»Mann«, rufe ich hoch und versuche einen Tonfall bedauernden Mitgefühls: »Echt, Mann.«

»Jetzt, wo sie einen neuen Sohn hat, brauchen sie mich nicht mehr«, ruft Cheta.

»Aber das stimmt so doch nicht!«, schreie ich.

Er kräht zurück: »Petru, ich werde fliegen!«

»Du wirst was?«

»Fliegen!«, brüllt Cheta.

»Sei nicht so ein Idiot!«

In dem Augenblick bricht ein Ast und Cheta rutscht ab, fängt sich wieder.

»Pass doch auf!«

»Wieso, wieso, wieso?«, gurrt Cheta, als wäre

er ein Täubchen. Zittrig richtet er sich auf. »Ein schöner Gedanke nur!«

»Nicht!«, schreie ich, werfe die Decke weg und stürze nach vorne.

Manchmal sagt man später: »Alles ging so schnell, ich weiß gar nicht, wie das passiert ist«, obwohl man ganz genau weiß, was geschehen ist, weil man es mit eigenen Augen gesehen hat – es ist nur so, dass man sich weigert, daran zu glauben.

Cheta liegt reglos vor mir im Schnee, die Augen starr in den Himmel gerichtet. Ich falle auf die Knie. Strecke eine Hand nach ihm aus. Traue mich nicht, ihn zu berühren.

»Ich bräuchte einfach nur genug Geld, Mann«, habe ich einmal zu Cheta gesagt.

»Und dann? Was würdest du dann machen?«

»Dann würde ich …«

»Petru?«

Ich öffne die Augen.

Cheta hat sich aufgesetzt.

Ich fuchtle mit den Armen herum, während ich schreie: »Alles okay, Mann, alles okay?« Er atmet tief ein. Verzieht das Gesicht. Sieht heil aus.

»Alter, fliegen tut weh«, sagt er dann.

»Das glaub ich dir, Mann, das glaube ich dir«, sage ich und falle ihm um den Hals.

JEMAND FASST MICH an der Schulter. Es ist Magare.

»Was'n hier passiert?«

»Cheta ist geflogen«, sage ich. Dann stehe ich auf und halte Cheta meine Hände hin, um ihn ebenfalls hochzuziehen.

»Geflogen?« Magare sieht nach oben, als würde es jetzt gerade passieren.

Cheta zieht Luft durch die Zähne ein, als er versucht, auf sein rechtes Bein zu treten.

»Ihr wollt mich verarschen«, sagt Magare.

»Mein voller Ernst«, sage ich.

Ich sitze neben Chetas Matratze. Eine kleine Lampe scheint mir über die Schulter. Ich sehe Cheta an, wie er da schläft, als wäre nichts passiert.

»Keinen Feenstaub mehr«, sage ich zu ihm und zu mir. »Keinen Feenstaub und keinen Scheiß.« In meinem Schoß liegt das Buch. Ich bin wieder an der Stelle angelangt, an der ich es zum ersten Mal aufgeschlagen habe:

»Zuweilen wimmelte die Insel von Wilden, mit denen wir kämpften, zuweilen von gefährlichen Raubtieren, die uns verfolgten; aber in allen meinen Träumen …«, lese ich.

Dann rutscht mir das Buch aus der Hand.

Am nächsten Tag tun wir alle ganz besonders so, als wäre nichts geschehen.

Nur Cheta humpelt ein bisschen beim Gehen.

Und Luca hat ein verschwollenes Gesicht.

Doch darüber reden wir nicht.

Irgendwie habe ich mir Clopot anders vorgestellt, als er da vor mir steht, was seltsam ist, weil ich ihn ja kenne.

Jetzt lehnt er vor mir in seiner offenen Wohnungstür und trägt eine dunkelblau schimmernde, eng anliegende Leggins und hellblaue Gummischlapfen, ein weites weißes Shirt, sein Haar ist strähnig-dünn und glatt unter einem Haarband nach hinten gekämmt, sein Gesicht seltsam farblos, seine Augenbrauen schmal gezupft, seine Augen ein bisschen zu tief in seinem Kopf. Da ist so gar nichts Feenhaftes an ihm, bis auf seine Bewegungen. Und vielleicht die schmale Nase in seinem blassen Gesicht.

»Ärger im Paradies?«, fragt er mich.

»Was?«

»Habt ihr euch gestritten?«

»Wovon redest du?«

Auf der Türmatte ist der Kopf eines Kätzchens aufgedruckt. Ich möchte wissen, ob Clopot die selbst gekauft hat. Das Kätzchen hat eine rosa Schleife im Haar und unter ihm stehen zwei Worte. Auf diesen Worten steht Clopot.

»Na, dein einer Freund da, der schwarze Junge, der ist hier angewalzt und dachte, er könnte einfach hier aufschlagen, mit seinem Schulrucksack und sonst nichts. Ich hab ihn gefragt, ob er glaubt, Schwulsein sei eine Art Club und dass er als Mitglied hier einfach Eintritt bekomme. Dann ist er davon.«

Magare ist hier gewesen? Das verstehe ich nicht. Das Anstrengende am Leben ist, dass um einen herum ständig Dinge passieren, von denen man nichts weiß. Und die danach im Kopf anderer Leute herumhängen und machen, dass die machen, was sie eben tun. Und dass man selbst keine Ahnung hat, was mit denen auf einmal los ist. Ständig muss man Ausschau halten nach Anzeichen, Hinweisen, Indizien. Fragen stellen. Schlüsse ziehen. Das Leben glaubt, man ist ein verfickter kleiner Detektiv.

»Also, wenn ich dir nicht weiterhelfen kann …« Clopot versucht, mir die Tür vor der Nase zuzumachen.

»Moment!«

»Was denn, brauchst du noch was, ein bisschen Fairy Dust?«

»Nein, ich will etwas wissen.«

»Darum ist das ein besonders interessanter Essay, weil er die Frage behandelt, ob wir überhaupt etwas fühlen, sehen oder gar verstehen können, für das wir keine Worte haben. Das hieße … also wenn es im alten Chinesisch kein eigenes Wort für die Farbe Grün gab und die Leute also sprachlich nicht zwischen Grün und Blau unterschieden haben – haben sie den Unterschied deshalb auch nicht gesehen?«

Ich verstehe nie ganz, was Georg mir erzählt, aber ich mag die Begeisterung in seiner Stimme und wie er mir Fragen stellt, als würde er tatsächlich eine gute Antwort erwarten, und dann gleich weiterspricht, ohne sich selbst seine Frage zu beantworten, nur um neue Möglichkeiten aufzuwerfen und sich auch noch darüber zu freuen, dass nichts entschieden ist.

»Aber pass auf, jetzt setzen wir schnell das geschälte Ei in die Öffnung der Karaffe.«

»Pierre, was machst du da?« Marja steht plötzlich neben uns und sieht mich und ihren Vater an.

»Hallo, Marja-Schatz«, sagt Georg nur und deutet mir, gut achtzugeben, auf das, was gleich passieren wird.

»Pierre hilft deinem Vater beim Abendessen. Oder hat ihm geholfen. So lange, bis dein Vater auf die Idee gekommen ist, Zauberkunststücke vorzuführen«, ruft Gwendoline vom Esstisch in die Küche.

»Das ist keine Zauberei, das ist Physik«, entgegnet Georg.

»Du bist aber kein Physiker, Darling, sondern Linguist!«

»Ich betrachte mich als Universalgelehrten, meine Liebe! Und hast du nicht eben noch gesagt, du hättest so viel zu tun, musst du nicht noch deine Akten durcharbeiten?«

»Wieso … wie lange bist du schon da?«, fragt Marja in meine Richtung.

»Weiß nicht«, sage ich.

In dem Moment wird das Ei wie von Zauberhand langsam in die Karaffe gesaugt. Georg macht eine Siehst-du-siehst-du-Handbewegung. Ich lache erstaunt und nehme die Karaffe in die Hand. Georg rüttelt kurz freundschaftlich an meiner Schulter. Ich lächle ihn an.

»Du hast mir gar nicht gesagt, dass du kommst!«

Georg kommt mir mit einer Antwort zuvor: »Jetzt

sei nicht eifersüchtig, Marja-Kindchen, ich muss jetzt ohnehin was tun, er gehört schon dir.«

Ich sehe auf die Küchenuhr.

»Muss nach Hause«, sage ich.

Marja geht mit mir zur Eingangstür. Dort fasse ich mir an den Kopf. Meine Kappe liegt noch im Esszimmer.

»Ich hol sie«, sagt Marja.

Auf der Kommode im Vorraum steht eine Schale. Darin liegen Schlüssel und Kärtchen, Plastikclips und ein Anhänger, aus dem man schwarze Plastiksäckchen ziehen kann, wenn man Nanas Würste aufklauben muss. Ich habe das einmal gemacht. Die Scheiße fühlt sich seltsam warm in der Hand an. Ich stochere mit einem Finger in dieser Schale herum. Da liegt ein silbernes Becherchen. In das passt genau mein Finger hinein. Ich hebe den Finger so vor mein Gesicht, das Becherchen auf der Kuppe. Als Marja wiederkommt, stecke ich die Hand schnell ein.

»Da«, sagt sie und setzt mir die Kappe auf.

Wir sind uns zu nahe.

»Weißt du, dass du kleine goldene Punkte in den Augen hast?«, fragt Marja mich. »Die schwimmen da drin wie Goldfische in einem Teich.«

Immer noch sieht sie mich an.

»Kommst du bald mal wieder?«, fragt sie mich.

»Sicher.«

»Also dann«, sagt sie. Dabei nähern sich ihre Lippen den meinen. Ich mache einen Schritt zurück.

»Also dann«, sage auch ich und öffne die Tür.

»Warte«, sagt Marja.

Ich drehe mich nicht um.

»Magst du mich denn nicht mehr?«

Ich glaube, wir spielen eine Szene nach, die wir gemeinsam im Fernsehen gesehen haben.

»Magst du mich denn nicht mehr?«, fragt sie wieder.

ICH STELLE MIR vor, ich würde Marja an den Ohren fassen, als wären es Henkel, sie heranziehen, ihre Stirn gegen meine pressen, mit geschlossenen Augen, fest, fester, bis es zu glühen begänne zwischen uns, und ließe sie hineinschauen in mein Hirn, damit sie auch das sehen könnte, was ich nicht aussprechen kann.

»Nein«, sage ich.

»Hey!«

Ich will weiterlaufen, weil man das besser tut, loslaufen, wenn jemand einem »Hey« hinterherbrüllt.

»Hey«, ruft derjenige nochmals und kommt plötzlich neben mir zum Stehen. Einer, der mir bis zu den Augenbrauen reicht. Er trägt eine dicke schwarze Winterjacke, in der er aussieht wie aufgeblasen. Sein Haar ist glatt, wie auflackiert, seine Haut blauweißlich überfroren. Ich erkenne ihn wieder: Bernhard.

»Lass bloß Marja in Ruhe«, sagt er zu mir.

Ich starre ihm auf den Mund, der irgendwie zu beerenfarben in diesem blassen Gesicht ist.

»Hörst du?«, will er von mir wissen.

Was soll der Scheiß, wer bist du überhaupt, was willst du von mir, will ich sagen.

»Wieso?«, frage ich nur.

Da zieht er seine Lippen wulstig hoch und legt seine Vorderzähne frei: »Weil du ein stinkender, stehlender …«

Ich hole aus, um ihm eins auf die Nase zu geben, er duckt sich schon vorher weg.

»Ja, schlag mich nur, dann geh ich gleich und lass dich abschieben, du … du … dreckiger …!«

Hör du mir mal zu, du kleiner Ficker, will ich sagen und ihn am Kragen packen und ein bisschen schütteln, aber ich tue es nicht. Meine Fäuste ballen sich von allein, ich muss sie zwingen, sich wieder zu öffnen.

»Leck mich«, sage ich nur und renne davon.

Ich laufe über die Brücke mit den Engeln. Die stehen wie immer aufrecht auf ihre Schwerter gestützt. Ein Bein rutscht mir weg, als ich auf eine Eisplatte trete. Ich stolpere, strecke meine Hand aus, bekomme einen steinernen Fuß zu fassen. Komme zum Stehen. Rotz rinnt mir über die Lippe. Ich suche in meiner Hose nach einem Taschentuch, ziehe es heraus. Dabei fällt etwas zu Boden. Ich bücke mich und finde das silberne Becherchen, das ich vorhin zusammen mit meiner Hand eingesteckt habe. Ich drehe es zwischen den Fingern. Schmecke Salz. Auf einmal bin ich wütend, sehr, sehr wütend.

Ich hole aus und schleudere das Becherchen in den Fluss. Es macht kein Geräusch. Dann schnäuze ich mir die Nase.

Ich habe gerade erst einen Schritt gemacht, da trifft mich etwas am Kopf und fällt mit einem kalten Klickern zu Boden. Das Taschentuch noch in der Hand sehe ich nach unten. Neben meiner Ferse kullert das Becherchen davon. Ich muss lachen. Wie zum?

Schnell bin ich am Brückengeländer und sehe hinunter. Auf die Brücke zu schwimmt ein langer, glänzender Fisch.

»Warte!«, schreie ich. Ich sehe mich um. Kein Auto, kein Fußgänger weit und breit. Ohne nachzudenken laufe ich los, auf die andere Seite der Brücke zu und werfe diesmal mich selbst über das Geländer.

Als ich in das Wasser eintauche, öffne ich vor Überraschung den Mund. Die Unterwasserwelt ist metallisch. Ein Schwarm winziger weißlicher Fische formiert sich vor mir, nimmt Gestalt an, löst sich auf, findet sich wieder. Ich strecke die Hand aus. Die kleinen Fische formen einen großen Fisch. Der öffnet und schließt seinen Mund. »Du sinkst«, sagt er zu mir, der Fisch.

Hinter meinen Augen ist es schwarz.

Ich erinnere mich. Klein stehe ich in einer Tür. Sehe einen Weg vor mir. Jemand hat Steine darauf geschüttet, Steine gegen den Schlamm. Da ist Plastik in allen Farben.

Und ich weiß, der Weg führt vorbei an anderen Hütten hin zu einem Haus, und während ich an dieses eine Haus denke, reckt es sich und streckt es sich und wie Arme wachsen ihm nun zwei Türmchen. Das Haus wird höher, breiter. Bis ein kleines Schloss dort steht, mit einem angebundenen Pferd davor.

Es war einmal.

Die Türöffnung weitet sich, wird höher. Gibt den Blick frei nach oben. Ich kann den Himmel sehen, eine einzelne schwere Wolke darin. Ich beuge mich aus der Hütte meiner Großmutter, schaue nach links, schaue nach rechts. Die Hufe des Pferdes haben Abdrücke im Schlamm hinterlassen. Meine eigenen Füße auch.

Wenn ich einen Schritt hinaus mache, könnte ich mich besser umsehen.

Ich stoße mir den Kopf am Türrahmen an.

Ich versuche es noch einmal mit dem Erinnern.

Ein Weg, halb Schlamm, halb Schotter führt zu der Türöffnung, aus der ich hinaussehe. Müll zieht eine Spur daneben. Von der Plastikplane über mir tropft Regen auf mich herab, durch meine Stirnfransen, rinnt mir über die Wange. Ich trage einen grünen Pullover, in jedem zu langen Ärmel ist ganz vorne ein Loch, da habe ich meine Daumen hineingesteckt. Ich weiß, dass sich bei Regen in der Mitte des Lagers eine Pfütze bildet, eine Pfütze so groß wie ein Teich. Daraus trinkt das Pferd. Ich spreize meine nackten Zehen in die Erde, halte mich am Türrahmen fest oder halte selbst den Türrahmen fest, ich weiß es nicht mehr. Neben mir liegen einige feuchte Zweige, das ist das Feuerholz. Ein paar davon habe ich an diesem Morgen erst gesammelt.

»Geh mit dem Mann«, sagt eine Stimme zu mir, zu der es keine Gestalt gibt. Ich drehe mich nicht um. Im Hinterzimmer liegt meine Großmutter in ihrem Bett. Daneben steht eine Maschine, die gemeinsam mit meiner Großmutter atmet. Ich höre Papierscheine rascheln, wie wenn jemand sie in sein Hemd schiebt. Das Geräusch der Scheine klingt trocken und warm.

Eine Hand nimmt mich an der Schulter, drückt zu.

»Hat das Kind Schuhe?«, höre ich fragen.

»Du sinkst«, sagt sie zu mir. Ich sehe in die übergroßen Quecksilberaugen der Nixe. Will ihr antworten. Schaue den Luftbläschen hinterher.

»Habe ich dir nicht gesagt, du sollst nicht hierherkommen?«, will die Nixe wissen. »Du bist vielleicht ein verlorener Junge, Petru, aber solange etwas verloren ist, bedeutet das auch, dass noch jemand danach sucht.« Das sagt die Nixe und ich frage mich, wie ich sie eigentlich hören kann, unter Wasser.

Dann küsst sie mich und ich atme.

Ich werde ans Ufer geworfen, als wollte mich der Fluss nicht haben. Ich muss husten, spucke Schnee. Verwundert starre ich auf das Häufchen. In meinem Mund ist es kalt und schmeckt nach Eisen. Kein Tropfen Rot im Weiß.

Als ich aufstehe und versuche zu gehen, ist mir, als hinge etwas schwer an mir, als müsste ich etwas durch den Kies hinterherziehen, die Böschung hinauf. Ich sehe mich um, doch da ist nichts.

Nur mein eigener Schatten.

Ich schaue in die Wohnung, wie man in ein Puppenhaus sieht. Ich bin groß und die Zimmer sind klein, wie weit entfernt. Da sitzt Magare am Tisch und spielt mit den Kronkorken. Da kommt mir Cheta entgegengerannt. Ich könnte sie in die Hand nehmen, einen in jede Faust. Absetzen, wo ich will.

»Du bist ja ganz nass!« Cheta zieht mich am Ärmel. Ich denke, er sollte mich nicht am Ärmel ziehen, sonst lasse ich ihn noch fallen. »Was ist denn mit dir passiert?«

Ich beachte ihn nicht und ziehe eine Spur aus Wassertropfen in das Zimmer, in dem die Matratzen liegen. Lasse mich auf meine sinken. Ich weiß, ich sollte die nassen Sachen ausziehen. Schlafen. Ich will schlafen.

»Wo ist der Kleine?«

Ich habe meine Hand über meinen Augen liegen und sehe Magare nicht an, der mich das fragt.

»Hey, ich rede mit dir!« Er stupst mich mit der Schuhspitze an. »Wo ist Luca?«

»Nicht hier«, sage ich und es könnte eine Antwort oder genauso gut eine Frage sein.

»Nein, er ist nicht hier!« Magare wird lauter. »Willst du mir erklären, du weißt nicht, wo er ist?«

»Ja«, sage ich und das ist die Wahrheit.

»Alter, hast du den Kleinen verloren? Ist er abgehaut, während du nicht da warst? Heißt das, er ist weg? Fuck!«

Ich antworte nicht.

»He!«, macht Magare und stößt mich wieder mit dem Fuß, diesmal fester. »Solltest du ihn dann nicht suchen?«

Ich nehme den Arm von den Augen, sehe Magare an. Zucke die Schultern.

»Alter, wir hängen da alle mit drinnen! Du weißt, wie der Krakadzil ist! Das kostet uns! Das müssen wir bezahlen!«

Ich weiß.

»Alles nur, weil du wahrscheinlich wieder einmal bei deiner kleinen Freundin gewesen bist, du blöder Ficker«, stößt Magare da hervor. »Und damit meine ich nicht diese Tattertante. Ha, da schaust du, was? Glaubst du, ich weiß das nicht? Bussibussi am Telefon und alles! Denkst, ich merke das nicht! Das Vögeln ist dir wichtiger als wir! Wir könnten doch abkratzen hier, und es würde dich nicht kümmern! Von wegen, deine arme Großmutter! Du willst hier doch bloß wegen dieser Schlampe nicht weg!«

Ich schnelle hoch und reiße ihn gleich wieder mit mir zu Boden. Wir ringen. Irgendwann habe ich die Oberhand, knie über ihm und hole aus. Da wird mir der Arm ganz schwer und das Schlagen erscheint mir auf einmal viel zu anstrengend und so ist es gar nicht nötig, dass mir Cheta in den Schlag fällt, ich hätte ihn sowieso nicht zu Ende gebracht.

»Warum musst du eigentlich immer so ein anstrengendes Arschloch sein«, frage ich, sehr leise und sehr langsam.

Magare öffnet den Mund.

»Ich weiß, dass du bei Clopot warst«, sage ich. »Und ich habe Luca gehen lassen.«

Ich sage Magare alles. Dass ich ebenfalls bei Clopot war. Von ihm erfahren habe, wo Lucas Bruder ist. Luca das Geld gegeben habe. Meines und das andere auch.

Mit einem Mal richtet Magare seinen Oberkörper auf, packt mich an den Schultern und küsst mich auf den Mund. Ich stoße ihn zurück, rapple mich hoch. Er bleibt liegen und lacht. Klopft mit der flachen Hand auf den Boden, als wäre das alles hier der beste Witz der Welt. Irgendwann versickert das Lachen.

Kaum haben wir das geklärt, kommt die Müdigkeit zurück.

»Was machen wir jetzt?«, fragt Cheta mich.

»Sorgen. Aber erst morgen«, antworte ich nur.

Dieser Platz zwischen Schlaf und Wach. Ich höre die Monster durch den Nebel kommen. Das Licht großer Augen scheint durch unsere Fenster. Streift mein Gesicht.

Irgendwann stehe ich auf. Draußen dämmert es. Es könnte ein Morgen, aber auch ein Abend sein. Ein Frost schüttelt mich, der erst unter meiner Haut beginnt. Vielleicht bin ich krank. Ich versuche, kein Geräusch zu machen, als ich zum Holzofen im anderen Zimmer tappe. Dort bücke ich mich nach einem der Scheite, die daneben gestapelt liegen. Im Augenwinkel fällt mir einer der Stühle beim Tisch auf. Er sieht aus, als hätte eben noch jemand darauf gesessen.

Da rauscht die Spülung und der Krakadzil kommt aus der Toilette.

»Ah, endlich ist er auf«, sagt der Krakadzil und zieht seinen Reißverschluss hoch. Dann holt er seinen Gürtel aus den Schlaufen.

So früh habe ich ihn nicht erwartet.

Mit dem Gürtel in den Händen kommt der Krakadzil auf mich zu geschlendert. »Gestern ist der Bruder von eurem Kleinen abgehaut. Die anderen sagen, eurer hätte ihn abgeholt. Hatte wohl auch ordentlich Geld dabei ... Woher hatte er das denn und wie hat er den anderen überhaupt finden können, hm?«

Ich schlucke.

»Ich weiß es nicht«, antworte ich.

Der Krakadzil holt aus und ohrfeigt mich mit dem Gürtel. Die Schnalle trifft mein Gesicht.

»Das hast du zu wissen«, bellt er. Dann wirft er mich gegen die Wand. Die Luft wird aus meinem Brustkorb gedrückt und ich kann nicht mehr einatmen.

»Weißt du, wie viel du mir jetzt schuldest, hä?«, brüllt mich der Krakadzil an. »Weißt du das?« Wieder hebt er die Hand mit dem Gürtel.

»Ich ...«

Ich halte meinen Arm zwischen den Krakadzil und mich.

»Die anderen sagen, der Kleine hat gesagt, du hättest ihm das Geld gegeben. Ihm geholfen. Kann das sein, ja?«

Ich gebe keine Antwort.

»Das wirst du bezahlen, alles wirst du mir bezahlen! Und du selbst siehst bis dahin keinen Cent mehr!«

»Aber meine Großmutter … braucht doch … nehmen Sie ihr nicht die Medizin weg, sie braucht doch ihre Medizin! Ich werde … ich …«

Ich sehe auf einmal Magare hinter dem Krakadzil auftauchen, ihm auf den Rücken springen, seinen Hals umklammern. Der Krakadzil schüttelt ihn ab, macht »Ha!«, dreht sich um und ich sehe, wie der Gürtel sich hebt und senkt, hebt und senkt, hebt und senkt, Schnalle voraus. Der Krakadzil schlägt gewissenhaft, aufmerksam.

»Ihr werdet euch noch anschauen, ihr drei. Ich sollte euch alle miteinander erschlagen! In Einzelteilen seid ihr mehr wert und weniger anstrengend als im Ganzen!«

Auf der anderen Seite des Raumes ist Cheta aufgetaucht.

»Nicht!«, schreit er. »Ich hab nicht auf ihn aufgepasst. Ich bin schuld! Verlangen Sie das Geld von meinem Stiefvater! Schicken Sie mich weg, schicken Sie mich nach Hause, schicken Sie mich …«

»Halt die Klappe, Blondie, du arbeitest wie ausgemacht!«, schreit der Krakadzil. »Das alles geht dich gar nichts an. Aber«, und mit diesen Worten hört der Gürtel einen Augenblick auf sich zu bewegen und der Krakadzil grinst Cheta zu, »wenn du deinen Freunden helfen willst: Ich kenne da ein paar Leute, die würden gutes Geld zahlen für ein paar Stunden mit einem so hübschen Jungen wie dir. Nein? Dacht ich's mir.« Der Krakadzil kichert. Er wendet sich wieder Magare zu, betrachtet ihn, wie um zu entscheiden, ob es genug wäre oder nicht. Er ist fast gut gelaunt, angeregt von der körperlichen Anstrengung. Wie als Schlusspunkt tritt er Magare einmal in die Rippen.

»So«, sagt der Krakadzil und richtet seine Aufmerksamkeit wieder auf mich: »Wo waren wir stehen geblieben?«

»Keine Bewegung!«, höre ich da Cheta sagen.

Cheta steht neben der offenen Schublade und zielt auf den Krakadzil. Der Krakadzil schaut und versteht.

»Dazu hast du kleiner Hosenscheißer doch niemals den Mut«, meint der Krakadzil und scheint sich bestens zu unterhalten. Als böten wir ihm eine bessere Show, als er erwartet hatte. Höheres Level. Langsam bewegt er sich auf Cheta zu, klatscht mit dem Gürtel in seine nackte Handfläche.

»Was willst du jetzt tun, mich ausrauben? Festnehmen?«

»Keine Bewegung, habe ich gesagt!«, schreit Cheta, aber seine Stimme wird mit jedem Wort unsicherer. »Schwören Sie … schwören Sie, dass Petrus Großmutter weiter ihre Medizin bekommt! Und dass keiner von uns mit irgendwelchen Leuten … mitgehen muss!«

Ich sehe nicht, was für ein Gesicht der Krakadzil macht, während Cheta spricht.

»Ihr seid wirklich zu niedlich«, sagt der Krakadzil. »Die Alte ist doch schon längst tot, die braucht keine Medizin mehr.« Cheta wirkt überrascht.

Lässt seine Arme beinahe unmerklich sinken. Da stürzt sich der Krakadzil auf ihn. Die Waffe fällt zu Boden, schlittert weg.

»Sagte doch, dass du dich nicht traust«, stellt der Krakadzil zufrieden fest.

Ich strecke die Hand nach der Pistole aus.

»Aber ich«, sage ich.

Noch nie in meinem Leben bin ich so still gestanden.

»Ich trau mich.«

Mit aller Entschlossenheit richte ich die Waffe auf den Krakadzil. Er blickt mich an.

»Der nächste Hosenscheißer, der glaubt, er wäre …«

»Alles ging so schnell.«

Die Stadt hat zwei Ufer an einem großen Fluss, und was dazwischen liegt, interessiert niemanden.

Wo wir sind, ist das Niemandsland.

Hier vergeht die Zeit langsamer, oder überall anders schneller, je nachdem, wie man das sieht.

Es heißt, alle Kinder verlassen eines Tages das Niemandsland. Ich habe nur nicht gewusst, dass sie das in Handschellen tun.

Das Laub, das der Wind in das offene Treppenhaus geweht hat, raschelt unter meinem Schritt. Draußen drehe ich mich noch einmal um, aber da ist kein Fenster offen für mich. Der Betonblock hat viele blinde Augen. Das blaue und das rote Licht verfolgen einander über die farblosen Wände.

Niemand ist eine Insel.

Jemand drückt mir den Kopf nach unten und zwingt mich in eines der Fahrzeuge. Schließt die Tür zwischen mir und hier. Ich lehne mich nach vorne, um meine Handgelenke zu entlasten. Ich weiß nicht, ob ich sagen darf, dass ich Schmerzen habe.

Als wir anfahren, ertönt keine Sirene.

Ich bin ein Beutestück. Werde vermessen, gewogen, katalogisiert. Am Ende sieht man mir in die Unterhose.

Wie alt ich bin, will jemand wissen.

Ich sage, dass ich die Tage nicht gezählt habe, die Wochen, die Monate. Die Jahre nicht, weil die Jahre nicht zählen.

Das vom Kleinmachen erzähle ich nicht.

Danach wollen sie erfahren, wo zu Hause ist.

Zu Hause, das ist, wo man dich haben will, gebe ich als Antwort. Aber das verstehen sie nicht.

Dann sperren sie mich in einen Käfig.

»Sing«, sagen sie und lachen.

Ich sehe den Krakadzil vor mir, auf dem Rücken, das Gesicht weiß wie ein frisches Taschentuch. An seiner Wange kleben zwei eingetrocknete Spritzer Blut. Als er mich ebenfalls sieht, beginnt er mit Armen und Beinen in die Luft zu schlagen und zu treten, zappelt wie ein Käfer. Krakadzil. Käfer. Krakadzil. Käfer. Magare, wie er mit einem Stöckchen nach dem Krakadzil stochert.

»Petru!«, ruft der Krakadzil mich.

Dabei öffnet sich sein Mund nicht.

»Petru!«, ruft er mich wieder und wirft nun auch seinen Kopf hin und her.

Ich will davonlaufen und bewege mich kein bisschen.

»Petru!«

Ich wehre Hände ab, verwickle mich in Stoff, plötzlich ist da Finsternis.

Jemand schlägt mir ins Gesicht.

Das Licht vom Gang fällt in meine Zelle. Ich sitze auf meiner Matratze, die dünne Decke auf meinem Schoß zusammengeknüllt. Ich muss mich selbst geschlagen haben.

Ich weiss nicht, wo die anderen sind, ich weiß nicht, wie viel Zeit vergeht. Ob jedes Licht-an, Licht-aus einem Tag entspricht, ob einmal Schlafen eine Woche ist, ob ich einen Monat lang gegen die Wand schaue.

Ich weiss nicht, wer mich da an der Schulter führt. Eine Tür wird geöffnet, eine andere geschlossen. Man setzt mich auf einen Holzstuhl. Ich sehe von allen Menschen bloß die Stiefel. Von den Stühlen bloß die Beine.

Warum ich hier sitzen muss, sagt mir niemand. Meine Hände sind frei, sich zu bewegen. Ich bewege mich nicht.

Ich weiss nicht, wie lange ich dort sitze.

Ich weiß nicht, worauf wir warten.

Ich beiße mir in die eigene Faust. Die Linie der Zahnabdrücke bekommt dunkellila Pünktchen.

Dann setzt sich mir gegenüber einer und ich sehe auf. Der Mann starrt mich aus dem linken Auge an, während sein rechtes etwas auf einem Blatt Papier sucht. Ich starre zurück. Glasauge. Unter dem Tisch tippt er einen Takt mit seinem Fuß. Es klingt hölzern.

»Sind Sie ein Pirat«, flüstere ich.

»Wir haben ein Problem«, seufzt der Mann. »Wir denken, dass du älter bist, als du sagst.«

Was passiert, wenn einer kein Junge mehr ist, sondern ein Mann. Wenn er zu groß, zu breit, zu schwer, zu behaart wird. Wenn er sich nicht mehr klein genug machen kann. Wenn ihn der Nebel …

»Schau. Das mit diesen Taschendiebstählen, das könnten wir vergessen, wenn du uns euren Boss lieferst. Den anderen. Den darüber.«

Ich schweige. Warte, ob da nicht noch etwas ist.

Er aber sieht mich lange an mit seinem lebendigen Auge. Das Glasauge schaut jetzt knapp an mir vorbei in eine Ferne. Ich überlege, ob ich ihm vom Papagei erzählen soll, der jetzt ein neues Zuhause braucht. Die beiden wären ein gutes Paar.

»ICH WAR'S«, SAGE ich.

»Was?«

»Der geschossen hat.«

Der Mann sieht mich ungläubig an.

»Ich war's«, wiederhole ich, weil es so guttut, das gesagt zu haben.

Er stützt die Knöchel seiner linken Hand gegen seine Schläfe und lehnt den Kopf dagegen. Seufzt.

»Du warst das?«

»Ja.«

»Sicher?«

»Ja.«

»Wollt ihr mich verarschen? Da haben wir schon am Tatort einen, der die Waffe hält, dessen Fingerabdrücke überall drauf sind, der uns genau sagen kann, wo er die Pistole herhat, der gleich alles gesteht. Dann haben wir da noch den anderen, der auch gleich behauptet, geschossen zu haben, der aber nicht einmal weiß, wie man das Ding entsichert. Und jetzt fällt dir ein, dass es du gewesen bist? Am Ende erzählt ihr mir, ihr habt ihn irgendwie zu dritt erschossen, wie?«

»Aber …«

»Junge, ich weiß nicht, aus welchem Film du das hast, aber nur weil ihr alle drei behauptet, es gewesen zu sein, heißt das nicht, dass ich dann nicht einen von euch dafür einsperren kann. Lass es einfach, ja?«

»Aber …«

Er macht eine Handbewegung, die mir bedeutet, ich solle die Klappe halten. Noch steht mir der Mund offen. Noch bin ich ein ehrlicher Mensch. Dann schließe ich ihn.

Eine Tür wird geöffnet, eine andere geschlossen. Man setzt mich auf einen anderen Holzstuhl. Ich weiß nicht, wer mich da an der Schulter führt. Ich sehe von allen Menschen bloß die Stiefel. Von den Stühlen bloß die Beine. Mehr sehe ich nicht.

Warum ich hier sitzen muss, sagt mir niemand. Meine Hände sind frei, sich zu bewegen. Ich bewege mich nicht.

Irgendwann verschwindet ein Rauschen aus meinen Ohren, von dem ich vorher gar nicht bemerkt habe, dass es da war. Mit einem Mal ist das Zimmer voller leiser Töne. Wie einer von seinem Brot abbeißt. Wie einer auf seinem Handy tippt. Wie einer Notizen auf Papier macht. Wie die Wanduhr vor sich hin tickt.

»Tick, tack, tick, tack, tick …« Ich sehe den Krakadzil vor mir, wie sein Zeigefinger vor meinem Gesicht hin und her wischt.

ICH SCHLAFE IM Sitzen ein.

»Komm«, sagt jemand zu mir und ich komme.

»Hier hinein«, sagt jemand zu mir und ich gehe dort hinein.

»Ist das der Mann?«, will jemand von mir wissen.

Ich sehe in missmutige Gesichter hinter Glas.

Wieder wird die Tür geöffnet und hinter mir geschlossen. Man setzt mich auf meinen Holzstuhl. Warum ich hier sitzen muss, sagt mir niemand. Meine Hände sind frei, sich zu bewegen. Ich bewege mich.

Diesmal habe ich das Gefühl, dass ich nicht allein warte.

»Willst du etwas trinken?«

Man hält mir einen Becher hin, ich nehme ihn. Die Flüssigkeit riecht nach Orangen.

Auf einmal kommt Marja zur Tür hereingesegelt, ich bin ganz sicher, dass ich sie kurz fliegen gesehen habe, beide Beine vom Boden. Ich verstehe nicht, was sie hier tut.

»Pierre!«

Meine Arme fühlen sich schwach an. Marja umarmt mich, ich will mich wehren. Sie drückt meinen Kopf an ihre Schulter, was wehtut, weil sie im Stehen ein Stück größer ist als ich, wenn ich hier sitze, sie mir so also gefühlt beinahe das Genick bricht.

Hinter Marja kommt Gwendoline, sehr viel langsamer, sehr viel näher an der Erde. Sie lässt ihren Blick über mich gleiten. Nickt mir zu. Verschwindet wieder, durch eine andere Tür.

»Pierre!«, schreit Marja mir wieder ins Ohr, als wäre ich gar nicht hier, als würde sie mich suchen. Vielleicht ist das auch das, was in Wahrheit passiert.

»Pierre!«, ruft sie, »Ich hatte ja keine … Was für ein Glück! Das muss schrecklich gewesen sein, als das passiert ist, warst du da wirklich dabei?«

Marja drückt meine Hand.

Ich sage nichts und spüre, wie meine Wangen brennen.

»Da, das kann er wiederhaben.«

Jemand reicht Marja ein durchsichtiges Plastiksäckchen mit dem Inhalt meiner Hosentaschen darin. Mit einem Blick sehe ich: Das Telefon ist nicht dabei. Marja nimmt es entgegen, hält es vor sich hin. Mustert meinen Besitz durch das Plastik.

»Sag mal, warum hast du denn einen Fingerhut einstecken?«

»Einen was?«

»Einen Fingerhut.« Sie nimmt den kleinen Silberbecher heraus und präsentiert ihn mir auf der Kuppe ihres Zeigefingers.

»Weißt du denn nicht, was ein Fingerhut ist?«

Marja spielt mit dem Hütchen, lässt es über ihre Handfläche kollern.

»Der sieht genauso aus wie der von meiner Mutter.«

Als Gwendoline kommt und mir etwas erklären will, weiß ich nicht, ob ich es richtig verstehe. Sie erwähnt so oft und so eindringlich, dass ich froh darüber sein solle, was alles nicht geschehen ist, was alles nicht geschieht, was alles nicht geschehen würde, dass ich mir gar keine Gedanken darüber machen kann, was ich fühle angesichts dessen, was wirklich passiert.

Sie sagt, ich sei ein netter junger Mann und dass das eine Chance für mich sei, die ich nutzen solle.

Vielleicht fühle ich auch einfach nichts.

Sie sagt, dass ich keine Schuld an den Sachen hätte, die da passiert seien, dass nun alles vorbei sei, vorbei. Eine Erleichterung.

Vielleicht fühle ich auch einfach nichts, weil die Gefühle so groß sind, dass sie in mir gar keinen Platz gefunden hätten, neben mir stehen müssen, verlegen mit den Füßen scharren.

Sie sagt, dass ich jetzt wieder in die Schule gehen könne, einen Abschluss machen, einen Beruf erlernen, eine Zukunft haben. Und dass sie mich sicher irgendwann einmal besuchen kommen würden, sie alle drei.

Vielleicht sind Gefühle auch nur Teil einer Geschichte, die man sich im Nachhinein schreibt.

»Was für ein Glück, dass dein Freund unsere Nummer hatte«, sagt Gwendoline dann. Sie tätschelt mir die Hand. »Um ihn brauchst du dir auch keine Sorgen zu machen, wir haben ihm einen Anwalt organisiert. Wir kümmern uns um ihn. Und nachdem es eindeutig Notwehr war …«

»Aber …«, sage ich wieder, aber ich sage es sehr leise.

»Und wir helfen euch, in Kontakt zu bleiben, ja? Ich werde herausfinden, wo deine Freunde hingebracht werden, und dann schicke ich dir ihre Adressen, dann kannst du anrufen, oder schreiben, okay?«

Einer der Polizisten winkt Gwendoline.

»So, wir müssen jetzt leider schon«, sagt sie und springt auf.

Als Marja sich verabschiedet, drückt sie mir gemeinsam mit dem Plastiksäckchen noch etwas in die Hand. Das Etui ist feuchtwarm, sie muss es lange in der Faust gehalten haben.

Dann beugt sich Gwendoline doch noch einmal zu mir hinab: »Ich weiß, du bist ein guter Junge, nicht wahr? Nicht wahr?«

Ich nicke, weil sie es so will.

»Ich glaube, ich muss mich bei dir entschuldigen. Wir … haben da einiges falsch gedacht. Es tut mir leid. Ich hätte dir … also wir hätten dir auch wirklich gerne angeboten, bei uns zu wohnen. Aber nach dem, was passiert ist, da … geht das leider nicht mehr. Du musst … zurück. Ich weiß, zurück ist ein dummes Wort. Du kannst nicht wirklich zurück. Weil, wir können die Zeit nicht zurückdrehen. Und wir können dich auch nicht mehr genau dorthin bringen, wo du herkommst, sonst würde das alles vielleicht noch einmal passieren. Also, nicht alles, aber … Also, du musst, nein, du kannst jetzt einfach von dort aus neu anfangen. Da sind ein paar andere, vor allem Jüngere, die kommen mit dir mit.« Sie macht eine kurze Pause. »Die brauchen dich jetzt, die brauchen dich jetzt wirklich. Wirst du auf sie aufpassen? Schau mich an, ich meine das ernst: Wirst du auf sie aufpassen?«

Ich hebe den Blick und er begegnet dem ihren. Zum ersten Mal in meinem Leben sieht mich eine Erwachsene an, wie Erwachsene einander ansehen.

»Ich weiß, du schaffst das«, sagt Gwendoline noch und als sie das sagt, weiß ich, dass sie mir in Wahrheit ein Versprechen abnimmt, dass ich das eben schaffen werde. Ihre Finger streifen einmal schnell meinen Handrücken.

»Auf Wiedersehen, Petru«, sagt sie.

SAG NIE AUF Wiedersehen, weil auf Wiedersehen bedeutet fortzugehen.

Da, wo Gwendoline mich berührt hat, schmelze ich, verflüssige mich, von diesem Fleck weg, zerrinne.

Für einen Moment leuchtet in mir der Gedanke auf, dass man ja umso schneller wiederkommen könnte, je schneller man das mit dem Fortgehen erledigte.

Ich blinzle, als man mich hinaus in das Sonnenlicht schiebt. Vor mir sehe ich die Rücken und Hinterköpfe anderer. Da fährt ein großes Auto heran und einer der Polizisten winkt den vordersten von uns, dass sie kommen sollen und einsteigen. Und in dem Moment sehe ich eine Gestalt, die ich zu erkennen glaube. Auf einmal atme ich tiefer. Er ist hier. Alles ist gut.

»Magare!«, schreie ich und möchte ihm winken.

Ein paar der anderen drehen sich um, er aber nicht.

»Magare!«, schreie ich wieder. Ich dränge mich an meinem Vordermann vorbei, spüre eine Hand an meinem Oberarm, die mich zurückhält.

Nun ist er an der Reihe, in das Auto zu steigen.

»Magare«, schreie ich noch einmal.

Endlich dreht er sich um. Wirft noch einmal einen Blick zurück, bevor er sich in den Wagen bückt. Und da verstehe ich, dass er es nicht ist, dass ich mich geirrt habe, dass dieser Junge da meinem Freund nicht einmal ein bisschen ähnlich sieht. Mir steigt das Weinen im Hals hoch, auf das ich seit Tagen gewartet habe, aber es bleibt auf halbem Weg stecken. Und ich muss es herauswürgen, damit es mir nicht den Atem abschnürt, und kotze es in eine Hecke.

Als sich die zwei Autos mit uns in ihnen ihrem Ziel nähern, ziehe ich dort am Rücksitz des Wagens das Etui aus meiner Tasche. Reibe mit dem Daumen über den Zierstein im Flügel. Lasse es aufklappen. Ein Bild von Marja ist darin und ein Zettel mit ihrer Adresse, ihrer Telefonnummer. Klappe es wieder zu. Lasse es aufklappen. Klappe es wieder zu. Dann sehe ich zum ersten Mal in meinem Leben ein Flugzeug.

JETZT WERDE ICH also doch fliegen, am Ende. Ganz ohne Feenstaub.

*Es war einmal eine Stadt und durch diese Stadt floss ein Fluss und in diesem Fluss lag eine Insel, die war unsichtbar. Nun, sie war für die meisten unsichtbar, nur nicht für die, die auf ihr lebten. Aber die, die auf ihr lebten, waren ebenso unsichtbar für alle anderen, zumindest so lange, bis sie in deren Leben eintauchten. Kurz. Flink. Ohne Aufsehen zu erregen.*

Sollte diese Publikation Links auf Webseiten Dritter enthalten, so übernehmen wir für deren Inhalte keine Haftung, da wir uns diese nicht zu eigen machen, sondern lediglich auf deren Stand zum Zeitpunkt der Erstveröffentlichung verweisen.

FSC
www.fsc.org
MIX
Papier aus verantwortungsvollen Quellen
FSC® C014496

Penguin Random House Verlagsgruppe FSC® N001967

1. Auflage
Genehmigte Taschenbuchausgabe Januar 2022
btb Verlag in der Penguin Random House Verlagsgruppe GmbH
Neumarkter Straße 28, 81673 München

Covergestaltung: semper smile, München
nach einem Entwurf von Maria Antonia Graff, Wien
Covermotive: © shutterstock.com
Druck und Einband: GGP Media GmbH, Pößneck
MK · Herstellung: sc
Printed in Germany
ISBN 978-3-442-77096-0

www.btb-verlag.de
www.facebook.com/btbverlag

Nava Ebrahimi

# Sechzehn Wörter

Roman

*320 Seiten, btb 71754*

**Ingeborg-Bachmann-Preisträgerin 2021**

Als ihre Großmutter stirbt, diese eigenwillige Frau, die stets einen unpassenden Witz auf den Lippen hatte, beschließt Mona, ein letztes Mal in den Iran zu fliegen. Gemeinsam mit ihrer Mutter wagt sie die Reise in die trügerische Heimat. Die Fahrt wird für Mona zu einer Konfrontation mit ihrer eigenen Identität und ihrer Herkunft, über die so vieles im Ungewissen ist.

»Grandioser Debütroman.«
*taz*

»In Zeiten aufgeregter Kulturkampf-Rhetorik ist diese neue Erzählstimme eine Wohltat.«
*DLF Büchermarkt*

btb

Jaroslav Rudiš

# Der Himmel unter Berlin

Roman

*176 Seiten, btb 71331*

**Blitzlichter aus dem Untergrund einer Metropole, ein Roman voller Härte und Poesie**

Der Himmel unter Berlin ist eine Welt für sich, dort spinnt seit hundert Jahren die U-Bahn ihre Netze, bewahren unzählige Tunnel und Bunker geheime Geschichten, strömen tagaus, tagein unzählige Menschen durch. Die Musiker nicht zu vergessen, die diese Unterwelt mit Klängen füllen. Einer von ihnen ist aus Prag dahin geraten: Petr Bém, ein junger Deutschlehrer, auf der Flucht vor seinem alten Leben und voller Sehnsucht nach einem neuen. Als er im Untergrund Pancho Dirk kennenlernt, der von Musik besessen ist, gründen die beiden eine Band und nennen sie U-BAHN, weil es um Schwärze, Krach und Tempo geht. Dann verliebt sich Petr in Katrin, die Tochter eines Zugführers.

»Untergründig, hintersinnig, leicht.«

*Ingo Schulze*

btb

Susanne Röckel

# Der Vogelgott

Roman

*272 Seiten, btb 71871*

**Ein moderner Schauerroman voll dunkler Symbolik, betörend und verstörend.**

Man kann sich seinen Gott nicht aussuchen. In Susanne Röckels unwiderstehlichem Roman entpuppt sich eine geheime Welt als unsere, eine Welt, in der die Natur ihre Freundschaft aufkündigt und wir ihrer Aggression und Düsternis gegenüberstehen: Die Welt des Vogelgottes, die, wie sich herausstellt, nicht nur ein Mythos ist.

»Susanne Röckel ist eine Sprach-Meisterin von höchsten Graden.«

*Ö1 Ex Libris*

Helene Hegemann

# Axolotl Roadkill

Roman

*208 Seiten, btb 71960*

**Freiheit, Selbstzerstörung und ein »pseudo-belastungsgestörtes« Problemkind in Berlin.**

Die sechzehnjährige Mifti lebt seit dem Tod ihrer Mutter in Berlin und im heranwachsenden Ausnahmezustand. Als ›pseudo-belastungsgestörtes‹ Problemkind tanzt, vögelt und kokst sie sich durch die Hauptstadtszene. Das Besondere an Mifti ist ihre Hypersensibilität und ihr offener, fragender Blick auf eine Elterngeneration, die weder auf sich noch ihre Kinder aufpassen kann. Hin- und hergerissen zwischen Genie und Wahn entlarvt Mifti Sprache, Lebensentwürfe und Konventionen der Erwachsenen als das ›allgemeine Dahinschimmeln‹ ihres wohlstandsverwahrlosten Umfelds.

Helene Hegemanns knallhartes Debüt.